Illustration : Yasumi Yoshizaki

セシル文庫

ひよこぴょこぴょこ恋の園

かみそう都芭

イラストレーション／吉崎ヤスミ

ひよこぴょこぴょこ恋の園◆目次

この作品はフィクションです。
実在の人物・団体・事件などに
一切関係ありません。

ひよこぴよこぴよこ恋の園

うららかな平日の昼下がり。

困り果てた隆巳《たかみ》は、親子になったばかりの息子、涼紀《すずき》の手を引き、ひよこ保育園の前で暗澹《あんたん》たるため息を吐いた。

古い住宅街の真ん中に建つこの保育園は、高校時代の親友だった粕谷《かすや》敏暁《としあき》の両親が経営している。敏暁も家業を継ぐべく早くから保育士を目指し、大学卒業後は希望どおり両親とともに園で働いているのだと同級生から近況を聞いていた。だからこんな状況に追いこまれている今、すがる思いで来てしまったのだが……。

九年も音信不通にして、どんな顔をして会ったらいいのだろう。今さら頼みごとをするなんて調子のいいやつだと思われて、門前払いをくわされたらどうしよう。

そんなことを考えると気まずさがよみがえってきて、ノコノコやって来たことを後悔してしまう。

「おとうさん……。すずは、このほいくえんのこになる……ですか？」

「う……？　うん……、いや……」

新米父《しんまい》の顔色を窺《うかが》う涼紀におずおずと訊かれて、藁《わら》にもすがりたかった隆巳の気力がしおしおと萎《しぼ》んでいく。

「やっぱり……今日は、か……帰ろうか」

隆巳は太い黒縁《くろぶち》メガネを人差し指でずり上げ、肩を落としながらさらに深いため息を漏らす。小さな手を握りなおし、保育園の門にクルリと背を向けた。ところが――。

「鈴木《すずき》？　隆巳じゃないか。久しぶりだな」

親しげな声に呼びとめられて、思わず「ひゃあっ」と叫びそうになった。

肩を竦《すく》めて硬直していると、背後でギィと門扉の開く音が響く。なんだかコソコソした気分でそっと肩越しに振り返って――。すぐ背後に立っているエプロン姿の敏暁を見て、今度は飛び上がりそうになってしまった。

「お、おお。どうも……ご無沙汰《ぶさた》」

神妙な顔で挨拶の頭を下げるべきか、とりあえず笑ってみるべきか、勝手に押しかけてきておいて戸惑う顔が引きつった。

「近所に用事？　それとも俺に、かな？」

「あの、ちょっと……敏暁に相談が……」

敏暁の態度にこだわりのあるようすは感じられないけれど、隆巳は答える口がモゴついて意識せず俯《うつむ》いてしまう。

「ふうん？　まあ、俺にできることなら」

敏暁は、非常に困った事情があることを察してくれたらしい。隆巳から涼紀へと視線を移して微笑みかけた。

「入れよ。中でゆっくり話そう」

「あ、ありがとう。仕事中に悪いね」

高校時代と変わらない笑顔を向けられて、隆巳はとりあえず門前払いされなかったことにホッと胸を撫で下ろした。

どんなにふざけたことを言っても、しっかりした心根を表す歪《ゆが》みのない唇。まっすぐに見つめてくる瞳は、高校生の頃と同じだ。

あえて変わったところを上げてみれば――。園庭で子供たちを遊ばせるせいか眩《まぶ》しいくらい健康的に日焼けしていて、顔の輪郭《りんかく》が少しシャープな印象になっているのと、耳が隠れるていどに髪が長めなのと……。身長は会わなくなってからも伸び続けていたようだ。高校の頃は十センチ足らずの差だったのに、並んだ肩の位置がずいぶんと高くなって、男らしい頼もしさが増している。

隆巳は、横を歩く敏暁の顔を盗み見るようにして見上げた。

彼は高校の友達の中でも一番気が合って、真面目な話題も冗談も、どんなことでも話せる相方《あいかた》だった。まるで小学生みたいにじゃれて笑って、お互いヨボヨボのじいさんになっても友情は続くのだと思っていた。

それなのに、高校の卒業式のあと――。

敏暁は家業の保育園を継ぐために自宅通学圏内の大学を選び、これといって希望のなかった隆巳はとりあえず合格確実な隣県の大学を選んだ。できれば学部は違っても同じ大学に進みたかったのだが、隆巳の成績では学年十位に入る敏暁には追いつけない。お互い進学先が別れて、隆巳は実家から電車で二時間という距離の大学で寮暮らしが決定。離れがたい二人は卒業式まで寸暇《すんか》を惜しんで一緒に過ごした。週末には必ず会おうと約束して、仲間たちに「まるで遠距離恋愛だな」とからかわれるほどベッタリだった。

そう、そしてあの日。無事に卒業式を終えたあとも二人で教室に残り、夕暮れまで尽きない思い出話に花を咲かせていた。ひとつの机に並んで腰かけ、「今までみたいに毎日つるめないのは寂しいなあ」などと感傷《かんしょう》にひたりながら窓の向こうの夕陽を眺めていた。

それがそのうち肩を寄せ合い、なぜか頬を寄せ合い、どういう弾《はず》みか気がつくと唇同士がしっかりくっついていた。

隆巳にとって、初めてのキスだった。いつか彼女ができたらエッチなこともするんだろうな、なんて漠然《ばくぜん》と想像していたけれど、思いもよらない男の唇。話に聞くマシュマロみたいな柔らかさじゃなく、引き締まった男の感触だ。でも意識がぼんやりするほど気持ちよくて、それは九年たった今でも忘れられない。下腹が熱を帯びていくあの感覚……。

唇が離れて我《われ》に返った隆巳は、あろうことか悩ましく勃《た》ちはじめている己《おのれ》の部分に焦りまくり「俺は変態じゃないっ」と叫んで敏暁を突き飛ばしてしまった。『変態』というのは、男のキスに反応した自分の股間にびっくりして思わず出た言葉である。決して敏暁を嫌悪してなじったわけじゃない。

だけど、傷ついたような困惑した敏暁の顔を見て、言葉が継げなくなって黙り込んだ。笑って流せない気まずい雰囲気が間に流れた。当の敏暁はなにも言わず、小さなため息をついただけ。そして、お互いフォローできずに視線を逸《そ》らし、それきり言葉もかわさず別れてしまった。

傷つけるつもりも、絶交するつもりもなかった。だけど、どう釈明《しゃくめい》したらいいのか迷ったまま。その後、敏暁からかかってきた電話にも出られず、メールしようと思っても文がまとまらず、以来、気になりながら一度も会っていなかったのだ。

どうしてあんな誤解されるようなことを言ってしまったのか。なぜ電話にも出なかったのだろうかと、つくづく後悔が胸をよぎる。まるで習性にでもなっているかのように、今も昔もこんな窮地《きゅうち》にはまっ先に敏暁を頼ってしまうというのに。

鉄筋二階建てで、ささやかな園庭にはブランコと砂場と、小さな滑り台のついた築山《つきやま》が並ぶ。平日でありながら子供たちの姿が見えずシンと静まり返っているのは、たぶん昼寝の時間だからなのだろう。

スリッパに履きかえて職員室に入ると、隆巳は小さな応接セットのソファに身を縮めて腰かけた。その隣に、緊張の面持ちの涼紀がお行儀《ぎょうぎ》よくちょこんと座る。茶色がかった細い髪がひよこみたいにフワフワで、大きな目が愛くるしい幼児だ。

「かれこれ九年ぶりか。ビジネススーツが似合ってるな。食品関連の商社に就職したって噂で聞いたけど、どんな仕事してるんだ？」

向かいに座った敏暁が、隆巳にコーヒー、涼紀には牛乳とクッキーを勧めながら話題を振る。

「け、経理を……やってたんだけど……」

言いにくそうな隆巳の過去形の返答を聞いて、敏暁は目許をすがめて軽く首を傾げた。

「そうだ、涼紀。挨拶しなきゃ」

相談というのは、この引き取ったばかりの息子のことなのである。促された涼紀はソファからぴょんと飛び降り、お遊戯《ゆうぎ》の発表会みたいな動作でおじぎをすると、大きく口を開けて読み上げるような調子で自己紹介した。

「すずきすずきです。よろしくおねがいします」

敏暁は、またちょっと首を傾げて隆巳に訊ねる視線を転じた。

「鈴木涼紀。下の名前は……涼しいって漢字に、糸ヘンの……」

語呂《ごろ》がおかしなことになっているが、隆巳の知らないところで母親がつけた名前だからしかたない。敏暁は「ああ」と頷いて涼紀に笑いかけた。

「かっこいい名前だな。一発で覚えたぞ。涼紀くんは何歳だ？」

「はい。すずは、よんさいです」

「そうか。挨拶が上手にできて偉《えら》いな」

子供なりに緊張していたのだろう。ほめてもらえて、涼紀はホッとすると同時にはにかんだ笑顔を敏暁に返した。

「俺は、かすやとしあき。すずのお父さんの親友で、この保育園の先生をやってる。親友って、どういう意味だか知ってるか？」

訊かれた涼紀はちょっと考える顔をして、すぐにまた大きく口を開いた。

「はいっ。えと……、しらないです」

涼紀は、たどたどしい敬語を使って一生懸命ハキハキ喋《しゃべ》る。行儀のよい子だけれど、そ

れは躾《しつけ》や性格からきているわけではないと、隆巳は思う。たぶん、良好とは言えない境遇で覚えた子供なりの精一杯の処世術《しょせいじゅつ》なのだ。

「よし、教えてやろう。親友というのは、すごく仲良しってことだ。友だちよりも、もっと仲のいい特別なんだぞ」

「とくべつ」

教えられた涼紀は『特別』という言葉を繰り返し、目をキラキラさせて隆巳と敏暁を順に見比べた。

さすが保育士。涼紀はもうすっかり敏暁を信頼したようだ。挨拶でこんな自然に子供と会話できるなんてすごい。自分も見習わなければと感心してしまう。そして、敏暁は今でも親友だと思ってくれているのかと、涼紀以上に緊張していた隆巳の肩から力が抜けた。

「やっぱ、敏暁は子供の扱いがうまいよな。俺なんか、どう接したらいいのかわからなくてさ」

「そりゃ、いちおうプロだから」

「だよな。頼もしいよ。それで、相談てのは……図々《ずうずう》しいとは思うけど」

隆巳は改めて膝に手を置き。

「涼紀をこの保育園で見てもらえないだろうか」

単刀直入に言って頭を下げた。

「かまわないが、どうした？　なんか複雑な事情がありそうだ」

「実は……」

藁にもすがる思いでやってきた事情。それを話そうとした時。涼紀が隆巳のスーツの袖をツンと引っ張った。

「あの、おとなのはなしをこどもがじゃましたらダメだから、すずはどっかでひとりであそんできます」

「え？　や、邪魔なんて……別に」

四歳児の提案とは思えない気遣いである。しかし、隆巳はどう答えたらいいのかオロオロしてしまうが、さすがの敏暁は落ち着いた笑顔を涼紀に向ける。

「すずは気がきくいい子だな。でも一人で遊ぶのはつまらないだろ。ちょうどいい相手がそこでウロウロしてる」

敏暁は示すようにしてドアに視線を飛ばす。なにがあるのだろうと、隆巳もその視線の先に顔を振り向けて見ると――。閉まっていたはずのドアが細く開いていて、隙間からじっとこちらを覗く小さな顔があった。

「こら、芳尚《よしなお》。まだ昼寝の時間だぞ。なにやってんだ」

敏暁が怒った顔を作りながらも、「こっちこい」と手招いて言う。

「もういっぱいねたよ」

そう答える声と同時に勢いよくドアが開き、待ってましたとばかりにパタパタと駆け寄ってくる。子供ができて学生結婚したという噂も、仲間から聞いていた。芳尚と呼ばれたこの子がそうなのだろう。散切《ざんぎ》り頭に目尻のちょっと上がったやんちゃな顔立ち。涼紀よりひと回り大きな体格で、膝にはバンソウコウを貼った見るからに活発な男児だ。

「しんいり？　オレがめんどうみてやるよ」

「まず挨拶」

敏暁は隣に立った芳尚の頭に手を乗せる。芳尚は上から押されるような格好でお辞儀《じぎ》をしてから、人懐《ひとなつ》こい顔でグイと胸を反らした。

「こんにちは。かすやよしなおです」

「俺の息子。五歳だから、すずよりひとつ上だな」

「おまえ、なまえなんていうの？　すず？」

威張った態度で言うと、すぐさま敏暁に頭のてっぺんをピシッと指先で弾かれて、芳尚はケラケラ笑いながら「きみ」と言いなおした。

「す……すずき、すずき」

　しかし、さっきまで頑張ってハキハキ喋っていたというのに、涼紀は芳尚と対照的に消え入りそうな声で言って俯く。ビクついて身構えるようすを見て「名字が鈴木でごめんね」と謝りたくなってしまう隆巳だ。

　涼紀の母親は、叶野美奈《かのみな》という。半年前に隆巳が引き取るまでは涼紀も叶野姓だったのだが、美奈の強引な希望で面倒な手続きを経て鈴木の籍に入れた。そのおかげで『すずきすずき』というおかしな名前になってしまった涼紀は、保育園でからかわれたりバカにされたり、何度も嫌な思いをしてきたのである。

　何事にもストレートな子供の世界は時に残酷。芳尚も例に漏れず笑い出すんじゃないかと、隆巳はハラハラしながら二人のやりとりを見守っていたのだが。

「すずきすずき？」

「……うん」

「へえ、なんかカッコいいな。よし、おぼえた」

　確認すると、芳尚は父親と同じことを言って頼もしげに頷く。さすが親子、というより普段の教育のたまものだろう。まっすぐ健全に育ったよい子だ。

　安心したらしい涼紀は、はにかみながらそっと隆巳を見上げた。

「じゃ、あそぼーぜ」

「他のみんなは昼寝中だ。起こさないように静かに遊べよ」

「わかってるって。すず、こっち」

芳尚は、まだ戸惑い気味のすずの手を握るとズイズイ引っ張り、廊下へと駆けていく。

小さなふたつの足音がパタパタと離れていくのを聞いて、隆巳はホッと息を吐いた。

「しっかりしてて、すごくいい子だね」

「まだまだなにしでかすかわからない五歳児だ」

「頼もしいところは敏暁譲りだと思う。でも顔立ちはお母さん似かな」

「そうだな。性格も、どっちかっていうと母親のほうに似てるんだ。すずも顔は母親のほうかな。おっとりしてそうなとこは、おまえ？」

「や、俺に似てるところはない……かもしれない」

隆巳は、つい言いよどんでしまう。

「すずが四歳ってことは、大学を卒業してすぐ生まれた子供だろ。早い結婚だが……、そのようすだとあまりうまくいってるようには見えないが？」

そのとおり。いやいや、違う。そもそも結婚などしていないのだから、うまくいくもいかないもないのである。

「実は……子供がいるのを知ったのは、最近のことで……」

敏暁は一瞬だけ唖然とした表情を浮かべ、すぐに眉根を寄せて話の先を促した。

どこからどう説明したらいいものか、隆巳はためらいながらも順に頭の中を整理して口を開く。

「すずの母親……美奈は大学の三年後輩で、俺の卒業と同時に自然消滅したんだ」

「つまり、結婚はしてなかったと」

「ああ、お腹が大きくなるまで妊娠したことに気づかなくて、受診した時にはもう中絶はできなくなってたとか」

「六ヶ月を過ぎても体調が変わらずに腹も目立たない女性ってのは、けっこういるらしいな。なるほどな。どうりで、すずに対するおまえの接しかたが慣れてないように見えたわけだ」

そう、実際に全く慣れていないのである。

「それで、彼女はおまえになにも相談しなかったのか？」

「俺は就職でこっちに戻って、連絡先なんかは教えてなかったから……。迷惑メールが大量に入るようになったんで、携帯からスマホに買い換えてアドレスも変更してたし」

敏暁は唇を噛みしめるような、どこか憮然とした顔で漏れ出すため息を潜《ひそ》める。子供好きとしては、どんな事情があろうとも無責任な話にしか聞こえないだろう。隆巳は、メガネの奥の視線を隠すようにして逸《そ》らした。

「彼女、美奈は当時タレント志望で雑誌のモデルのバイトなんかをやってた。ミィナって名前で最近よくテレビに出てるんだけど……知ってる？」

敏暁は軽く首を傾げ、すぐ思い当たったようで「ああ」と頷く。

「可愛いくてちょっと頭が弱いキャラの、あれか。……てことは、隠し子」

「無理な頼み事をするから、敏暁には全部話すけど」

「芸能人とは、厄介《やっかい》そうだな。すずの境遇がなんとなく想像できる」

「うん、ちょっとかわいそうなんだよね。美奈が言うには、最初は俺に迷惑をかけないように一人で育てるつもりだったって。だけど生活費を稼ぐためにモデル業に復帰したらうまくいって、仕事が増えて子育てに割《さ》く時間がなくなっていった」

「本末転倒だな、おい」

「実家の両親も親戚も小さな子供の面倒を見る余裕がないとかで、あちこちに転々と預けられていたらしい。で、もう預け先がなくなって、最後に俺を探し出して連れてきたんだそうだ」

「たらい回しかよ。じじばばが孫の面倒を見れないってなんだよ。子供をなんだと思ってんだ」

敏暁の眉間《みけん》が、どんどん寄っていく。

「あの子、まだ四歳なのに敬語で喋るだろ。敬語といっても、語尾に『ですます』をつけただけの見よう見真似なんだけどさ。俺のとこに来た時、『じゃまにならないようにいいこにします』って言ったんだ。きっとどの家でも邪魔者扱いされて、大人に気を遣うことを覚えたんだよ。小さいのに一生懸命に考えて、追い出されないように大人の顔色を窺ってるんだと思う」

「不憫《ふびん》すぎる……」

敏暁は指で目頭を押さえ、身につまされるといったふうに大きな息を吐き出した。

「半年前に突然すずを連れてきて——。今は売り出し中で子供がいることは公《おおやけ》にできないから、人気が落ち着いて公表できるまで涼紀を引き取ってほしい。いつか迎《むか》えに行くからその時は結婚してほしい、って泣きつかれた。いきなり子育てなんて俺には無理だと思ったけど、すずがかわいそうで放り出せなくて」

「そうか……、彼女は今でもおまえが好きなんだな。鈴木の漢字を涼紀に変えて名づけるくらい」

言う敏暁の唇のはしがどことないシニカルな表情を浮かべ、微《かす》かに引きつれる。

「それは……どうだろう」

隆巳は濁《にご》して返すが、それはありえない。むしろ名前に関しては逆。美奈の涙は見えすいた泣き落としで、隆巳が涼紀の父親だなどというのは、真っ赤な嘘なのである。

これは敏暁には口が裂けても言えないが、実は大学に入ってからも隆巳は卒業式の日のキスが忘れられずにいた。あの時の艶《なま》めかしい感覚がズキズキと腹の奥によみがえって、不覚にも自分は反応してしまったけど敏暁の股間はどうなっていたのだろう……などと記憶をオカズに何度も不埒《ふらち》な一人行為をしてしまった。

そのせいでか女の子にあまり興味が向かず、本当は自分はゲイだったのだろうか、敏暁もゲイなのだろうかと、ひたすら悩み続ける学生生活を送っていたのだ。ところが、四年になって東京の会社の就職が内定したある日のこと。高校時代の友達から同窓会の連絡の電話がきて、ついでの話題で『粕谷がデキちゃった婚して、もう一児の父だってよ』と聞かされた。それがひどくショックで――。

あの意味のわからないキスのせいで自分はせっかくの一人暮らしの四年間を女気《け》なしで過ごしてしまった。それなのに、元凶《げんきょう》の敏暁はすでに結婚してパパとは、そんなバカなである。

キスをしかけてきた敏暁がゲイじゃないのなら、反応した自分も違うのだろうかと悩みが膨らんで、じゃあ自分は女の子とエッチができるのか？　という新たな疑問に突き当たった。敏暁に対抗したわけじゃないけれど、これは一度確かめてみなきゃいかん、と思いきって女の子とつき合ってみることにした。

その相手が、新年会コンパでたまたま隣の席に座った美奈だった。

会話がうまく運んで、数日後に学食で一緒にランチを食べ、その週末に二人で居酒屋に行った。そして酔った勢いで首尾よくホテルに入ったのだが……。

キスをしてもちっとも気持ちよくなくて、敏暁の唇を思い出して比べてしまうばかり。体に触れても股間は全く反応せず、どうしてもやる気になれなくて序盤で寝たふりをしてしまった。翌朝、不機嫌きわまりない顔で口をきかない美奈に『泥酔《でいすい》してベッドでのことは憶えてない』と言いつくろって、以後はつき合いをフェードアウトした。たったそれだけ。ほんの何回か会って、ベッドインに失敗した関係だ。

だから父親は隆巳じゃないのは確か。今の今まで彼女が『鈴木隆巳』の存在など忘れていたのであろうことは、生まれた子に『涼紀』と名づけた事実が物語っている。しかし美奈は、「憶えてない」とごまかした言葉につけこんで、苦し紛《まぎ》れに思い出した隆巳に押しつけたのである。

最初は、隆巳も断るつもりだったのは当然のこと。ありもしない既成事実を認める気はなかったし、血の繋がらない子を引き取るほどお人好しでもないつもりだったから。

けれど……。たらい回しで邪魔にされる涼紀が憐《あわ》れで、同情してつい頭を撫でたのが運のつき。

父親への期待と怯《おび》えの瞳でおずおず見つめられて、「父親じゃない」と言えなくなってしまった。そして、子供一人くらいなんとかなるだろうと、安易《あんい》に考えて引き取ってしまったのだ。

幼い子供を育てるためになにが必要かなんて、知らないところまで全く考えが回らなかった。これまでの生活が一変するなんてことも、想像できなかった。今思うと、成り行きと勢いで仔犬か仔猫でももらうような感覚だったのだろう。

ペットだって、エサと水だけ与えていればいいというものじゃないのに……。

「いちおう俺も父親なわけだし、子供には責任がある。なにより、またすずが他人に預けられるのがかわいそうだと思ってさ。でも世の中そんなに甘くないよな」

そう。四歳児のいる生活は、思いのほか大変だったのである。保育園のお迎え時間の都合で残業は六時までしかできない、熱を出せば一緒に休んで看病しなければならない。会社はそこそこな大手企業なのだが、だからこそ上司の目は冷たく厳しかった。

「先月、すずがインフルエンザにかかって一週間休んだんだけど、久しぶりに出社したら上司の態度がよそよそしくなってた。回ってくる仕事は雑用ばっか。俺のデスクはあるのに、居場所がなくなってたんだ」

目を合わせようとしない上司に、『子供のためにも少し考え直したほうがいい』と空々《そらぞら》しく言われた。つまり、いつでも辞めていいよという戦力外通達だ。

「父親にも産休と育休を、なんて最近よく言われてるが、実践してる会社なんてまだまだないからな」

保育の現場に立つ敏暁は、同情と慰めの目を向けながら淹《い》れたてコーヒーのお代わりを差し出す。

「ぶぁち……っ」

隆巳は無防備にカップを口に運び、うっかり舌をヤケドしてしまった。敏暁が急いで氷をひとつ持ってきて、「冷やせ」と言って隆巳の口にポイと押し込む。落ち着いたのを見計らうと、ミルクをたっぷり注いだコーヒーを改めて勧めた。

フウフウしながら恐る恐る飲んでみると、今度はまったり適温。隆巳は一気に半分ほど喉に流し込んで乾きを潤し、ひと息ついてから訴えを続けた。

「肩身が狭くなって会社は辞めた。でも次の職を探そうにも、幼児連れじゃ厳しくてなかなか……。残業できないうえに子供が具合悪くなったら休みますなんて、どこに行っても戦力外だろ。今日も朝いちで面接受けてきたけど、手応え最悪」

「その条件じゃ、採用されてもパート待遇《たいぐう》になるだろうな。死活問題だ」

「そう、だから無理を承知で頼む。残業が終わるまでと、熱を出した時も、この保育園ですずを預かってもらえないだろうか」

隆巳は改まって膝に両手を置き、さっきと同じように、いや、さっき以上に深く頭を下げた。

「保育時間外は俺が個人的に面倒を見るってことでよければ。それより、このこと実家の両親には？」

「まだちょっと……言えない」

血の繋がらない涼紀なのに、『孫です』と言って両親に協力を頼むのは、さすがにまだ後ろめたいのだ。

「そうか……、結婚……」

「え？」

ボソリと言う敏暁の声が聞き取りづらくて、隆巳は首を傾げて聞き返した。

「彼女がすずを迎えにきたら、復縁するのか？」

「あ、しないよ。はっきり言って、大恋愛みたいな長いつき合いじゃなかったから。なにしろ自然消滅したくらいだし、今さら結婚してもうまくいくとは思えない。彼女だって本気で言っちゃいないだろ。父子家庭でなんとかやっていくよ」

「しないのか……」

敏暁は複雑そうな面持ちで視線を床に落とす。僅《わず》かの間を置いてパッと顔を上げた。なぜだかその表情は、喉につかえていた異物が取れたかのようだった。

「そうか。いや、九年も音信不通だったのに、頼ってくれて嬉しいぞ。大歓迎だ」

「う……」

痛いところを突いてくる。しかし嫌味かと思ったけれど、晴れやかに笑っているので本気で再会を喜んでくれているのだろう。

「そしたらおまえ、うちで働けよ。いっそのこと、ここに越してくればいい」

唐突に言われて、隆巳は目を丸くした。

「うち、ってこの保育園？　だって俺、保育士の資格なんか」

「事務全般を任せる。経理やってたんなら、お手のものだろ」

「それ、敏暁のお母さんの仕事じゃなかったっけ？　なにかあったの？」

「実は、親父が脳梗塞《のうこうそく》で倒れて入院中。お袋も朝から晩までつきっきりで世話してる」

「容態、悪いのか？」

「一時は覚悟するように主治医に宣告されたが、今は持ち直して順調に回復してるよ。ただ麻痺《まひ》が残ってるんで、園に復帰するのは難しいけどな」

「ああ、よかった。や、よくはないんだけど。でも、とりあえず助かってよかったな。お大事に」

夫婦二人三脚で守ってきた保育園だ。隆巳も高校時代には何度も遊びにきて、子供たちへの愛情溢れる彼らの姿を見ている。要《かなめ》の園長と副園長が不在では、さぞかし大変な状況だろう。こんな時に面倒な頼み事を持ち込んで恐縮してしまう。

「頭ははっきりしてるし、半身が利かないだけで喋る意欲も満々《まんまん》。まあ、なに言ってるか聞き取れないがな。経過がよければ来月あたり退院できる予定だ」

「それじゃ、俺なんかが同居したら迷惑――」

「大歓迎だって言ったろ。通院とリハビリの生活が長くなるってんで、病院の近くにマンションを買って移ってった。今はお袋が一人で暮らしてるけど、通いで親父の世話をしながら退院の準備中だよ」

「てことは、ご両親はこの先ずっとそっちで？」

「そうなるな。再発率の高い病気だから、そのほうが俺も安心だ。てことで部屋は余ってるし、俺と芳尚の気ままな二人暮し。おまえも遠慮しないで越してこい」

「芳尚くんと二人？」

保育園の敷地の裏に二階建ての自宅があって、確か４ＬＤＫ《エルディーケー》くらいの間取りだったと思う。両親の使っていた部屋が空《あ》いているというのはわかったけれど。

「あれ？　奥さんは……」

「いないよ。あれはもう元妻」

「モトツマ？」

敏暁は悠々とカップを傾け、隆巳は『モトツマ』がすぐにピンとこなくて首を傾げる。

「離婚したんだ」

「え……？」

おもむろに理解した隆巳は、驚いて目を見開いた。学生結婚するほどだから、保育士を目指す者同士の大恋愛だと勝手に思い込んでいた。夫婦で仲良くこの保育園を盛りたてているのだろうと、想像していたのだ。それが、すでに離婚していたとはびっくりだ。

「いつ」

「四年前」

というと、芳尚がまだ一歳になったかならないかの頃。彼らの結婚生活は二年にも満たなかったということである。そんな早くに破局していたとは、なんだか複雑な境地に陥ってしまう隆巳だ。

「そうだったのか……。離婚の理由を、聞いても？」

「彼女は当時ジャーナリスト志望で、卒業後は家庭より夢を選んだってだけのことさ。新聞社の内定が決まりかけていたんだが、出産育児がハンデになって取り消された」

「同い年だっけ。大学四年で就活が大詰《おおづ》めになった時期の出産か」

「悔しがった彼女は出版社に就職して、実績を積むために有名人のスキャンダルを追っかけ、事件の真相を探って駆けずり回り、育児どころかろくに家にも帰れない。俺は理解してるつもりだったけど、あいつにとって家庭がどんどん重荷になっていった。だから、芳尚が一歳になる前に離婚を決めた」

「いろいろと、大変だったんだな」

「いや、そうでもない。確執とかケンカ別れの修羅場なんてのはなかったからな。平和に話し合って結論を出した円満離婚だよ」

月並みなことしか言えない隆巳だが、敏暁はまるで気にしてないふうにサバサバと答える。カップを置くと。真面目な顔で身を乗り出した。

「隆巳こそ、独身生活が一変して苦労じゃないか」

「あ、うん。正直言ってかなり」

「子育ての問題は、保育園だけじゃすまない。すずみたいな子は特に、手をかけてやらないと」

「痛感してる」

「その点、うちに越してくればいつでも見ててやれるし、通勤時間は0分。おまえのためにもすずのためにも、いい環境だと思う」

「それは理想的だね」

「だろ。父子家庭同士が合体すれば、きっと両親の揃った子供にも負けない家庭の味を芳尚とすずに与えてやれるぞ」

「ちょっと個性的な家庭かも」

思わずクスと笑ってしまう。

「とにかく、うちも人手不足で困ってる。ぜひきてくれって、こっちから頼みたいくらいなんだ。お互い、一石二鳥で助かると思わないか？」

「確かに……」

「俺とおまえの仲だろ。へんに遠慮なんかするなよ」

隆巳の心臓が、小さな鼓動を鳴らした。なぜか敏暁の顔が眩《まぶ》しくて、色彩が急激に鮮やかな色を帯《お》びて見えた。

俺とおまえの仲――。一人で思い悩んで長いこと連絡も取れずにいたのに、今でもそんなふうに思ってくれている。

敏暁の家に住んで敏暁の保育園で働く。願ってもない魅力的な誘いで、けれどそれ以上に『親友』だと言ってもらえたことが嬉しい。

敏暁がいれば慣れない子育ても心強いし、仕事と衣食住も確保。そのうえ、九年間のブランクを越えて高校時代の気の置けない関係に戻れるのだ。

「じゃあ、世話に……なろうかな」

「よし、決まり。明日にでも荷物まとめて越してこい」

敏暁が握手の手を差し出す。

「うん、すぐアパートを引き払うよ。よろしく」

言って握り返すと、懐かしい敏暁の体温が隆巳の胸にじんわり沁《し》み入った。

転居シーズンを外れた引っ越し業者は即日ＯＫ、しかも平日割り引きあり。

敏暁の両親が使っていた部屋は襖《ふすま》で仕切られた洋室と和室の二間続きで、１Ｋ《ケー》アパートから運び込んだ家財道具を全部並べても、ガランとして見えるくらい広くて快適だ。

話が決まってから三日後には引っ越しを終え、涼紀は入園、隆巳は勤務一日目の朝。

「あのね、おとうさん。よしなおくんのへや、ベッドがあるの。ボヨンてして、おもしろかった」

布団の横に座り込んだ涼紀が、大きなシーツの角と角を合わせて一生懸命にたたみながら言う。

「ベッドで飛び跳ねて遊んだのかい？」

なに気《げ》なく訊ねて、隆巳はしまったと思った。ベッドで遊んで怒られたことでもあったのだろうか。つい今しがた楽しそうにしていた涼紀が、シーツの角を握ったまま萎縮《いしゅく》してしまったのだ。

「あ、いや……。ベッドが欲しいなら、買ってあげようかなって、思うんだけど」

「すずは、おふとんでいいです」

涼紀は、いつもの困ったようなはにかみ顔で小さく首を横に振る。

欲しいけど遠慮して言えないのか、それとも本当にいらないのか……、判別できなくて
隆巳は言葉に詰まってしまう。喜んでくれるならベッドのひとつやふたつ買ってやりたいのだが、子供の心の機微《きび》がわからなくてどうもうまくいかない。

自分の子供の頃の気持ちはどんなだっただろうかと照らし合わせてみるけど、わがままを言って叱られても欲しいものは欲しいと言える普通の家庭で育ったので、参考にならないのだ。

四歳児相手に気まずく黙り込むのもどうかと思う。なにか気の晴れるようなことを言ってやらなきゃ、と考えあぐねていると、廊下を走る元気な足音が聞こえてドアが勢いよく開いた。

「おはよーっ！　はみがきしようぜ、すず」

いかにもベッドから飛び出したばかりといった、ボサボサ頭の芳尚だ。涼紀を誘いたくて大急ぎで着替えたのだろう。シャツのボタンをかけ違えていて、ハーフパンツのポケットがピョコンとはみ出ている。

「おふとんたたむから、まってて」

涼紀の表情がパッと明るくなった。

「てつだってやるよ」

言うなり駆けてきた芳尚は、掛け布団の角を合わせるなど気にもせずバッサバッサと折りたたみ、四つん這《ば》いの格好でズズズイッと押して畳を走らせる。

「ブルドーザ――――ッ」

ただでさえ丸めたような布団が、押し入れに辿り着いた時にはグシャグシャだ。元気あり余る芳尚に、隆巳は思わず笑ってしまった。

「ありがとう、もういいよ。あとはお父さんがやっておくから、すずは芳尚くんと歯磨きしておいで」

「はいっ」

芳尚につられたのか、涼紀もいつになく元気なお返事をする。ふと芳尚のシャツを見て、ボタンを指差した。

「よしなおくん、ボタンがへん。ポッケも」

「お？　おお」

芳尚は涼紀と顔を見合わせ、ケラケラと笑い声をたてながらかけ違えたボタンを直していく。その間に涼紀が、ハーフパンツからはみ出たポケットをキュッキュッと押し込んでやる。

「じょうずなはのみがきかた、しってるか？」

「うん、できるよ」

「オレがおしえてやるからな」

ちょっとかみ合ってない会話が可愛らしい。なんだか心が癒《いや》されるような、微笑《ほほえ》ましい光景だ。

身支度を終えてから三人揃って一階に下りると、台所のテーブルにはすでに朝食が並んでいた。

ご飯に味噌汁に、納豆、味海苔《あじのり》、野菜を添えた目玉焼き。

いつも朝はパンをかじるだけだったから、こんな家庭的な朝食は久しぶりだ。六時過ぎくらいに台所に下りてくればいいなんて言われてそうしたけれど、敏暁はもっと早くから起きて支度していたのである。

子供がいれば三食きちんと食べさせるのは当然のことなのに、そこまで気が回らない自分が少し恥ずかしくなった。

「おはよう。健康な朝ご飯だね」

「おう。我が家の朝メシはワカメと納豆が必須だ。すずはネギの入った納豆、好きか？」

「はい。た、たべれます」

シャキシャキのネギと臭い納豆は、あまり得意ではないのである。

「オレはだいすきだぞ。いただきまーす！」

しかし芳尚が納豆ご飯を美味しそうに口にかきこむと、涼紀も真似をしてきざみネギ入り納豆をホカホカご飯にたっぷりかける。

「いただきますっ」

最初はモゴモゴと口元を歪《ゆが》めていたのが、二口目からは芳尚に負けない勢いで食べはじめた。

「たくさん食って、いっぱい遊べ。ご飯おかわりしていいからな」

「はい」

「おかわり！」

「あ、すずも。お、おかわりします」

まだ同居一日目の朝だというのに、頼もしい芳尚がいるだけで涼紀はずいぶんと楽しそうに笑う。環境しだいで子供はこんなにも表情を変えるのかと、初めて見る食欲に感心してしまう隆巳だ。

「明日から、俺も早起きして手伝うよ」

「たいしたものは作らないから大丈夫。気にしないでゆっくりしてろ」

しかしそう言われても、呑気《のんき》に『はい、よろしく』というわけにはいかない。明日はとりあえず六時前には台所に下りてみようと思う。

肩身の狭い生活を強《し》いられてきた涼紀の萎縮を払拭《ふっしょく》するため、そして九年間も音信不通にした敏暁への不義理を埋めるためにも。ちゃんと生活費を入れて家事も分担して、対等な同居人になりたいと思うのだ。

朝食を終えると台所を片付け、子供たちも手伝いながら慌しく洗濯干し。敏暁が朝いちで洗濯機を回していたもので、隆巳は『早起きしてご飯の支度。その前に洗濯』と頭の中でメモを取る。

爽《さわ》やかな風をうけてそよぐ洗濯物は、急に雨が降り出してもすぐ取り込みに走れるので便利だ。

垣根《かきね》を挟んだ園は通勤時間0分。フェンスに囲まれた子供の世界は、まだ海の底のように静まり返っている。門を開け放して間もなく、五十代半ばくらいと思える小柄な女性が事務所に入ってきた。

「おはようございます。あら、こちらが新しい事務の方ね。私、清掃《せいそう》パートの石塚《いしづか》です」

「鈴木です。よろしくお願いします」

「園児に掃除のしかたを教えてくれる先生だ」

「先生だなんて、ただの掃除のおばちゃんよ」

気のよさそうな近所のおばちゃんといった雰囲気の石塚は、手を横に振りながらおおらかに笑う。

「ここでは子供たちも一緒に朝のお掃除をするの。みんな小さいのに、トイレ磨きまで手伝ってくれるのよ。いい取り組みでしょう」

「それはすごい。いいですね。子供のためにもなるし、楽しそうだ」

「私も、毎日の仕事が楽しいわ。さて、みんなが揃う前に職員室と事務室の掃除やっちゃいますからね」

石塚はエプロンと三角巾《さんかくきん》を着けると、さっそく掃除機をかけはじめる。

「まあ最初はただの掃除のおばさんだったんだが、子供の扱いがうまいもんだからみんな懐いて自発的に手伝うようになってな。それを見た親父がこれはいいってんで、五年前にカリキュラムに組み込んだんだ」

「なるほど。園長のオリジナルか」

清掃の習慣は、整理整頓《せいとん》と自分のいる環境を大事にする観念が芽生《めば》える。さらに、決まりや手順を守りながらみんなで協力しようという意識も育つ。定員五十名の小規模保育園ならではの独自カリキュラムは、家でも進んでお片付けするようになったと、保護者に好評なのだそうだ。

保育時間は、朝七時四十五分から夜の七時まで。仕事内容の説明を受けていると、若い女性が玄関横の駐輪《ちゅうりん》スペースに自転車を停めるのが窓から見えた。

「おはようございまーすっ」

ほどなくして事務所に顔を出したのは、高く括《くく》ったポニーテールが活発な印象の美人さんである。

「おう、愛子《あいこ》先生。おはよう。今日から事務で入った鈴木隆巳だ」

紹介を受けて、隆巳はペコリと頭を下げる。

「鈴木です。よろしくお願いします」

「あ、よろしくお願いします。敏暁先生のお友達が来るって聞いて、どんな方か楽しみにしてたんですよ。一、二歳児もも組を担任してる大山《おおやま》愛子です」

元気に言う後ろに、大きな男がのそりと立つ。愛子先生は、ふいの気配にひゃっと驚いて振り返った。

「も～、びっくりした。泰夫《やすお》先生ったら、気配を消して背後に立たないでくださいよ」

泰夫先生と呼ばれた男は、おっとりと頭をかきながら微笑《わら》う。

「いやあ、別に気配を消してるつもりは」

温厚な低音ボイスで、短く刈った固そうな髪。身長は敏暁とほぼ同じ百八十五センチくらいだけど、ひと回りは大きく見える。がっしりしていて少し丸みのある体格とつぶらな瞳が、どことなく熊を連想させる朴訥《ぼくとつ》とした大男だ。

「どうも。年少たんぽぽ組担任の山崎《やまざき》泰夫、二十五歳です。愛子先生と同い年です」

「え、そうなんですか？」

二十五歳と聞いて、隆巳は思わず泰夫と愛子を見比べてしまった。

女性の年齢は外見じゃわからないから愛子はともかくとして、泰夫のほうはどう若く見積もっても二十代には見えないのだ。

「ちょっと～、なんで私のトシまでバラしちゃうんですか」

「年上だと思われて気を遣わせちゃ悪いから、先に言っておこうと」

「泰夫も愛子先生も、フケ顔だもんな」

クスクスと笑いながら割って入ったのは、学生と言っても通用しそうな青年である。柔らかそうな長めの髪と、はっきりした二重《ふたえ》の目元がキュートな某アイドル事務所系の顔立ち。フレンドリーな言動が若々しくて、子供受けしそうなお兄さんだ。

しかし、一番年下に見えるのになぜ泰夫先生を呼び捨てなのだろうと思っていると。

「やあね。異常に童顔なカオル先生に言われたくないです」

「俺は永遠の少年だから。ども、初めまして。年長さんさくら組の担任、東雲《しののめ》カオル。先月で二十九歳になりました」

と自己紹介されて、泰夫が二十五歳と聞いた時より驚いてしまった。『永遠の少年』という自称キャッチフレーズがはまりすぎ。このカオルと比べたら愛子も泰夫もフケて見えるのはしかたない。

そう言いたいけれど、しっかり者といった雰囲気が年齢より上に見える愛子と真性フケ顔の泰夫を一緒くたにしては悪いので、グッとこらえる隆巳だった。

「朝から賑《にぎ》やかね。みんな揃って、もう紹介は終わっちゃった？」

ゆったりした声とともに、年配の女性が事務所の戸口に顔を現す。

「うちのベテラン。主任保育士の北村《きたむら》先生だ」

「よろしくお願いします。子供たち全体を見ながら各クラスのサポートに入ってます。今は、もっぱらもも組さんのトイレトレーニングに明け暮れてるけど」

北村は、落ち着いた笑顔で丁寧に頭を下げる。ベテランらしい肝《きも》っ玉《たま》母さんといった貫禄《かんろく》の先生だ。

「保育士募集はしてるんだが、なかなかいい人材が決まらなくてな」

「園長先生と副園長先生がご不在で、主任も大忙しですよね」

「隆巳が仕事に慣れたら、保育補助もやってもらおう。で、隆巳の息子の涼紀だが、事情があって最近まで親戚に預けられていた。そのせいか少しデリケートなところがあるんで、気をつけて見てやってほしい」

ひと通りの紹介が終わったあと、園長代理の敏暁から注意事項が申し送られる。そうこうするうち、保護者に連れられた子供たちが続々と登園してきた。

「さあ、戦闘開始。今日もちっちのトレーニング、頑張るぞ！」

黄色いエプロンを着けた愛子が、両腕をグルンと回す。おもらしが頻発《ひんぱつ》する一、二歳児の担任は、日々ちっちとの戦いなのである。

保育方針が『アットホームでのびのび。園児はみんな兄弟姉妹』というだけあって、気さくで話しやすい先生たちだ。

涼紀の入るひまわり組の担任は敏暁。早くも涼紀の性格を把握《はあく》してくれているので、なにかと安心だろう。

その涼紀はどうしているだろうかと保育室を覗いてみると、芳尚の後ろに隠れるようにしておとなしく遊んでいた。

とりあえずホッとして事務室に戻り、慣れない手つきでエプロンを着けてみる。いちおう事務職なのでワイシャツにネクタイは着用しているけれど、子供たちの相手もするので園のマスコットであるひよこのワンポイントをあしらったエプロンが支給されているのだ。

先生たちは園児を出迎え、体調などを確認しつつ出席簿をつけていく。その間の隆巳の仕事は、書類整理をしながらお休み連絡の保護者からかかる電話対応。業務内容は広範囲で煩雑《はんざつ》ではあるものの、企業の経理と比べたらそんなに難しくはない。やったことのない保育補助が自分にこなせるかどうか心配だけど、慣れれば手伝いに回る時間もけっこう取れそうだと思う。

紹介された四人の正規職員の他に、教材会社から書き方と英語の先生が週に何回か入っている。これは小学校入学のための準備で、幼稚園に劣らない習得を目標としたさくら組のカリキュラムだ。

ひよこ保育園の特色のひとつとして、子供たちはほとんどの時間をホールで一緒に過ごす。『園児はみんな兄弟姉妹』という保育方針のたまものか、年上の子は小さい子の面倒を見て、年下の子はお兄ちゃんお姉ちゃんのあとをくっついて回り、年齢混合で上手に遊ぶ姿がそこかしこで見受けられた。

事務がひと段落して、ちょうど調理室から給食の匂いが漂《ただよ》いはじめた頃。

涼紀がうまくやってるか気になった隆巳は、ホールのドアからこっそり顔を覗かせて中を窺った。

と、おのおの遊ぶ子供たちのざわめきの中から「すずき～すずきぃ」と駅名をアナウンスするような声が聞こえてギクリとした。

やはり、どこに行っても名前を揶揄《やゆ》されるのである。

声の発生源を探して見回すと、俯く涼紀の前に立つちょっと太り気味の男の子。体格からして、一歳上のさくら組だろうか。すずき～すずきぃとさらに連呼すると、芳尚がすっ飛んできて涼紀を背後に守り入れ、ゲンコツを振り上げた。

「すずきすずきいうなっ、デブ！」

うわ、芳尚くん。それを言っちゃ――。ドアの陰で隆巳は思わず肩を竦めてしまう。とめなきゃと思うけど、担任のカオル先生は他の子の相手をしながら横目でじっと見守っているだけ。

自分が仲裁《ちゅうさい》に入っていいものか、なんと言ってやめさせたらいいのか、迷っていると敏暁がクスクス微笑いながら隆巳の隣に立った。

「さっそくはじまったな」

「あ、敏暁。ケンカになってるよ。とめないと」

「大丈夫だ。まあ見てろ」

隆巳は子供のケンカにどう対処したらいいかオロオロするばかりだが、慣れた敏暁は全く動じない。

デブと言われた男の子はムッとして、ゲンコツを振り上げて芳尚に対抗する。

「なんだよ、おもしろいなまえじゃないか。すずき〜すずきぃ」

「いうな！　オレはすずのなまえ、きにいってるんだから」

そのまま拳《こぶし》の殴り合いになりそうでハラハラして見ていると、芳尚のグーが開いて男の子の頭をペンとはたいた。

男の子も、グーを開いて芳尚の頭をペンと叩き返す。

さすがに熾烈《しれつ》な殴り合いにはならないけれど、そのうち取っ組み合いがはじまって、やっと動き出したカオルが二人を引きはがした。

「なにやってんの、芳尚くん、正彦《まさひこ》くん。ほらぁ、小さい子が怖がってるよ。どうしたんだい？」

一部始終を見て知っているのに、まずはしゃがんで目線を子供に合わせ、ケンカの理由を二人に訊く。

「まさひこくんが、すずをばかにするんだ」

芳尚が怒りも顕《あら》わに言うと、カオルは正彦と涼紀の顔を見比べて首を傾げて見せる。涼紀は目に涙をためて俯いた。

「涼紀くんをばかにしたの？　正彦くん」

「ちがうもん。なまえがおもしろいんだもん」

「すずき～すずきぃ、っていった。すずをいじめたらゆるさないぞ」

「ふぅん？　でも、正彦くんはばかにしてないって言ってるよ？」

カオルは主張する芳尚をなだめながら頭を撫でてやり、次に正彦の頭に手を置いて優しく言う。

「正彦くんは、名前が面白いからそう言っただけで、いじめてないんだよね。だけど、涼紀くんはすごく嫌な気持ちになったんだ。今日からひよこ保育園に入って、まだお友だちも芳尚くんしかいなくて、とっても心細いよね。それですずき～すずきぃなんていきなり言われたら、いじめられたような気がして悲しくなっちゃうんじゃないかなあと、カオル先生は思うんだけど」

噛んで含めるように諭《さと》されて、正彦は唇を引き結んで俯く。どうやら反省してくれているらしい。

「涼紀くんも、へんな呼び方されたって一緒に笑っちゃえばいいんだよ。鈴木涼紀なんて他の誰にもない名前、みんながすぐ覚えてくれてすてきじゃない。覚えてもらったら次は友達になれるんだから」

べそをかいていた涼紀は、手の甲《こう》で涙を拭《ぬぐ》いながら小さく頷いた。

「芳尚くんは涼紀くんの味方をしてあげて偉《えら》いけど、でも正彦くんにひどいこと言ってなかった？」

言われて、ハッとした顔の芳尚は姿勢を正すなり。

「デブっていって、ごめんなさい」

腰を曲げて深々と謝る。正彦も。

「へんなこといって、ごめんなさい」

素直に涼紀と芳尚に向かって謝る。そして納得し合った三人はキュッと握手を交わして笑い合った。

「さ、名前を覚えたら次はお友達。仲良く遊んでおいで」

カオルは、正彦から芳尚、涼紀の順にパンパンパンとお尻をはたいて送り出す。

どう収拾《しゅうしゅう》がつくのか心配だったけど、子供は素直で純真。涼紀を真ん中に三人して手を繋ぎ、仲良くヒーロー番組の主題歌を歌い出した。

「すごい。カオル先生、さすがだ。ケンカしちゃいけないなんて言わないでも、ちゃんと理解してお互い謝った」

隆巳は、尊敬の眼差しでカオルを見てしまう。

「子供はおおいにケンカするべし、だ。幼児同士がやりあってる姿は、単純で悪意がないから可愛いだろ」

「俺の子供の頃って、問答無用でケンカNGだったよ」

「幼児ってのは感情で動く未熟な生き物だから、ケンカして当たり前さ。それを大人の理屈や良識で『だめ』と言うのは、我慢を強《し》いることになってしまいかねない。まずは経験させてから年齢に合わせた対応で説得してやれば、言っていいこと悪いこと、根本的に暴力のなにがいけないか、身をもって理解できていく。折れるタイミングと我慢のしどころも、自然と身についていく。と俺は思うんだ」

「なるほど。机上《きじょう》の空論《くうろん》より実践で学ばせるわけか」

「ほんとは取っ組み合いくらいさせてやりたいところだが、今の時代ケガさせちゃまずいから、ドタバタはじまったらやめさせてるけどな」

「加減が難しそうだね」

「重大なケガに繋がるようなことは、たいていの場合ないから大丈夫。気をつけないといけないのは、凶器を使った叩き合い」

「き、凶器？」

「主におもちゃ。あとは突き飛ばした弾《はず》みで転んで運悪く頭を打つとか」

などと話しているそばで、今度はたんぽぽさん同士のケンカが勃発《ぼっぱつ》した。

まだ口のうまく回らない三歳児はボキャブラリーが少ないので、本人も焦《じ》れったくなって早い段階から手が出る。そして泣いて自己主張する。

争いの原因は、知育玩具のパーツの取り合いのようだ。泰夫がなだめに入るけど、パーツを握った女児は泣いて譲らず、パズルを自分の手で完成させたい男児は泣きで対抗しながら奪い取ろうとやっきになる。こうなったら言い聞かせるにも時間がかかりそうで、先生は大変だ。

男児が地団駄《じだんだ》を踏みながら、足元に転がっているおもちゃを拾って振り上げた。大人の拳《こぶし》くらいの大きさで、角のある星型の木製パーツだ。投げるのをとめようと、泰夫がとっさに飛び出した。ところが、足がすべって床にダイブしてしまった。

「！　●×△○■◎～～～」

気の毒に、打ちどころが悪くて肘《ひじ》がジンジン痺れているらしい。

声にならない声を漏らして苦しんでいると、ケンカしていた男児と女児がピタリと泣きやみ、慌てて泰夫のそばに駆け寄った。

「いたい？　いたい？」

「だ、だいじょぶ……。でもほら、ケンカはケガ人が出たら……危ないから、ね」

「ほね、おれた？」

二人は素直に頷き、仲良く声を合わせて「いたいのいたいのとんでけ～」を言いながら泰夫の腕をさすり、心配しながら「なおった？」と訊く。

子供同士の諍《いさか》いは、本当に他愛もなく単純で可愛い。

思わぬ展開でケンカは収束《しゅうそく》したが、その向こうでは一歳児のおもらしを愛子が手早く片づけ、それを見て誘発された二歳児が「おちっこ、おちっこ」と北村に連れられてトイレに走る。

ドタバタと騒がしいけどそれなりの秩序があって、平和で楽しい子供の園だ。

「すずも、言いたいことを堂々と自己主張できるくらいに慣れたら、そのうち芳尚ともケンカするようになるぞ」

「え、するかな」

「するさ、楽しみにしてろ。さて、給食の時間だぞ。配膳《はいぜん》の手伝い頼む」

おとなしい涼紀がケンカするなんて想像つかない。だけど、萎縮しないで言いたいことが言えるようになってくれたら、保育園生活もこの先小学校に上がってからも安心だ。

ランチルームは調理室の隣にあって、各テーブルに先生一人と年齢混合で十人の子供が着席する。まだ上手に箸《はし》やフォークを使えない一歳児のいるテーブルにはそれぞれ北村と愛子がつき、隆巳も一人で食べられる二歳から五歳までの食卓につくことになっているのだが……。

涼紀だけでもどう接したらいいのか戸惑う新米父だというのに、初対面の十人の子供と一緒に食事するなんて、謎の生物に囲まれるみたいで緊張してしまう。

お行儀よく座った園児たちの前に、ご飯とメインのおかずと野菜が彩《いろど》りよく盛られたランチプレートが置かれると、北村が大きな声で言った。

「みなさーん。今日から事務室のお仕事をしてくれている鈴木隆巳先生です。よろしくお願いします」

保育士でもないのに『先生』なんて呼ばれると、なんだか身分詐称《さしょう》している気分でちょっと落ち着かない。けど、園児たちが「たかみせんせい、よろしくおねがいします」と声を揃えてくれて、隆巳も精一杯の笑顔で「よろしくお願いします」を返した。

そして、味噌汁をよそうためにおたまを握って大鍋の前に待機。各テーブルを担当する先生が、温かいお椀《わん》をトレイに載せて配るのである。

「隆巳先生がお味噌汁をよそってくれますから、手を膝に置いて待っててくださいね。お椀を引っくり返したりしたら熱いですからね」

という声を合図に鍋の蓋を開けたら、湯気《ゆげ》が立ち昇ってメガネがムオッと白く曇ってしまった。

とたん、キャーッという歓声とともに笑い声が巻き起こった。

「え？　な、なに」

一瞬なぜ爆笑が起きているのかわからなかったけれど、ずり下がったメガネの向こうに見える子供たちが、隆巳を指差して大喜び。なんと、メガネが湯気で曇ったのが腹を抱えるほど面白かったのだ。

曇りをとろうとメガネを外《はず》してハタハタ振ると、そのリアクションまでもがおかしいらしく、みんなしてネジを巻きすぎたおもちゃみたいに大笑いする。

大人からすれば気にとめるようなことじゃないのに、古いコントじみたシチュエーションがこんなに受けるとは意外すぎてびっくりした。

「まりなのママもね、ごはんつくってるときメガネしろくなっちゃうの」

「ぼくのおとーさんも、ラーメンふぅしたらなっちゃうんだよ」

近くの席の子が得意気に教えてくれて、単純で無邪気な感性に隆巳は思わず微笑を誘われた。

泣いたり怒ったり笑ったり。感情で動く生き物たちは、些細《ささい》なことでも目まぐるしく変わるたくさんの表情を見せてくれる。その豊かさには、圧倒されるほどだ。

「さ、さて。メガネもなおったし、すぐお味噌汁配るからね」

言って見回してみると、芳尚と同じテーブルに着いた涼紀も珍しく大きな口を開けて笑っていた。

なんだか、不思議な感慨が胸に満ちていく。

子供を喜ばせるのはこんなにも簡単なことだったのかと、新鮮な驚きさえ感じる隆巳だった。

晴れ渡った休日の午後。

敏暁《としあき》の父である園長が入院している総合病院の駐車場で、車から降りるなり芳尚《よしなお》が駆け出した。

「こら、芳尚。駐車場で走ったら危ないだろ」

慌てて言う声に、芳尚はピタリと足をとめる。が、ソワソワと足踏みしながら「早く早く」と急《せ》かす。大好きなおじいちゃんの、週に一度のお見舞いだ。楽しみでしかたないのである。

涼紀《すずき》のようすはというと――。いつもは芳尚に引っ張られるようにしてあとをくっついて回ってるのに、不安そうな面持《おもも》ちで隆巳《たかみ》のジャケットの裾を握ったまま。子供ながら大人に気を遣う習性が身についてしまっているので、園長と副園長との初体面を前に緊張しているのだ。

「大丈夫だよ。芳尚くんのお祖父さんとお祖母さんはすごくやさしい人だから」

そう言ってやると、涼紀は心許ない笑顔を見せた。

増築したばかりのリハビリ病棟は広々したバリアフリーと徹底した配慮がなされ、清潔で庭も緑が多く過ごしやすそうだ。

開け放された四人部屋に入ると、窓際のベッドで見覚えのある夫婦が談笑していた。

「おじいちゃん、ぐあいどお？」

お見舞いは大声を出さず静かにと、教えられているのだろう。芳尚は心がけた忍び足でそそとベッドに駆け寄る。

園長が右手を広げて芳尚を迎えた。

「おお、でっこーじょーだ」

絶好調だ、と答えたのである。確か、今年で六十二歳くらいだったろうか。左半身に麻痺が残ったと聞いていたけれど、リハビリがうまくいっているようで顔色もよく、覇気《はき》のある表情は昔と変わらない。

「聞き取りやすい発声になってきたじゃないか。隆巳と涼紀、連れてきたぞ」

敏暁は言いながら、隆巳と涼紀を前に押し出す。隆巳は夫妻に向かってペコリと挨拶の頭を下げた。

「ご無沙汰《ぶさた》してます」

「久しぶりねえ、隆巳くん。ずいぶんと大人っぽくなって」

懐かしそうに副園長が言うと、隆巳には聞き取れない発音で園長がニコニコと話しかけてくる。

「メガネが高校生の頃と同じだって、言ってるのよ」

通訳されて、隆巳は「ああ」と笑って太い黒縁メガネに指をかけた。

「作り替えてはいるんだけど、なんとなくこのタイプのフレームが落ち着くんで」

「敏暁なんか鬱陶《うっとう》しいくらいデカく育っちゃったけど、隆巳くんはお父さんになっても可愛いわ。ぼくが涼紀くんね。どれどれ、抱っこさせて」

副園長は、隆巳の陰でけな気《げ》にかしこまっている涼紀をひょいと抱き上げた。

挨拶する間もなくいきなり抱っこされた涼紀は、大きな目をキョトンとさせて隆巳を振り返る。笑顔で頷いてやると、はにかみながら「こんにちは」と言った。

「ひよこ保育園にきた子はね、こうして会った日に必ず抱っこするの。子供って抱っこするたびに重くなってるから、成長が実感できて嬉しいじゃない。涼紀くん、ご飯いっぱい食べて大きくなるのよ」

「はい」

「いいお返事。偉いわ」

「おばあちゃん、オレもだっこ」

羨《うらや》ましそうに見上げる芳尚が、両手を挙げて催促する。

「はいはい。芳尚も、抱っこ」

副園長は、涼紀をベッドのはしに下ろして座らせてから芳尚を抱き上げ。

「あ〜、重くなった重くなった」

嬉しそうに言って、涼紀の隣に座らせる。

園長が右手で芳尚と涼紀の頭を撫でながら、うまく利かない左手でベッド脇の冷蔵庫を示してモゴモゴとなにか言う。プリンを食べさせてやれと妻に言ったらしい。副園長はプリンをふたつ、冷蔵庫から出して芳尚と涼紀に持たせた。

分け隔《へだ》てのない接しかたに、涼紀の体から緊張が抜けたのがひと目でわかった。自分はここにいてもいいのだと感じて安心したのだろう。

『子供は人類の宝』が口癖の彼らのこんな大らかな優しさは、敏暁に引き継がれ、園で働く職員たちの指針ともなっているのだ。

「大手商社で経理のお仕事してたんですってね。気心の知れた隆巳くんがきてくれて、心強いわ」

「俺のほうこそ、子連れで路頭《ろとう》に迷いそうなとこだったんで助かりました」

「引継ぎもできないで、全面的にお任せしちゃってごめんなさい。退院のめどはついたものの、しばらくはリハビリ通院生活で」

「長くかかりそうだとか」

「そうね。焦《あせ》らずゆっくり、私も介護生活を楽しむつもり。すぐ近くのマンションに越したの。ほら、ここから見えるあの建物」

副園長が窓の外に視線を向ける。どれ？　と思って顔を傾けると、敏暁が背後から隆巳の肩に手を置き、「あれ」と指差して教える。徒歩で十分ていどの距離だろうか。児童公園の緑の向こう側に、レンガ壁の中層マンションが見えた。

「ああ、あのきれいな建物」

「全室バリアフリーで広々してて、あそこからなら散歩がてら車椅子を押して通院できるし、スーパーも目の前にあって便利よ」

「前向きですね。ほんとに楽しい介護生活ができそうだ」

「ポジティブにいかなきゃ。そのうち涼紀くん連れて遊びに来てね」

大人たちの会話に自分の名前が出たのを聞いて、プリンを食べていた涼紀はぴょこんと首を伸ばしてキョロキョロする。園長に頭を撫でられるとへニャと肩を緩め、芳尚とおでこをくっつけて無邪気に笑い合った。

「すっかり仲良し。芳尚も兄弟を欲しがってたから、涼紀くんのこと弟ができたみたいで嬉しいのねえ」

「兄貴風ふかせすぎだがな」

「芳尚くんのおかげで、涼紀も毎日が楽しいみたいです。この二週間足らずで、ずいぶんと笑ってくれるようになりました」

「そう、よかった。事情は敏暁から電話で聞いてたから」

副園長は、唇に人差し指を当て、『内緒』のジェスチャーをして言う。芸能人の隠し子だという事情を、胸にしまってくれているのだ。

「隆巳くんに芳尚と歳の近い子がいたなんて、ほんと縁だわね。大きな会社と違って出世はないしお給料も安いけど、できればうちに長くいてほしいと思ってるの」

「それはもう。できるかぎり勤めさせていただきたいです」

「敏暁はちょっと大雑把《おおざっぱ》なところがあるでしょう。面倒だろうけど、助けてやってね。どうか、末長くよろしくお願いします」

副園長が改まって頭を下げると、園長も頷きで礼を示す。

今も昔も、敏暁の両親が築き上げた世界は温かくて居心地がいい。

萎縮している涼紀をどう扱ったらいいか戸惑うばかりで、会社も辞めざるおえなくなって困り果てていた。実を言うと、血の繋がらない子供なんか引き取らなければよかったと自分のばかさ加減に後悔もしはじめていた。

けれど、敏暁のおかげで少しずつではあるけど涼紀の感情の動きが読めるようになってきた。

あのままろくな仕事にも就けず子連れの不自由な生活を強いられていたら、涼紀の存在は足枷《あしかせ》でしかなくなっていただろう。一転して、今はこの暮らしを楽しんでいるのは涼紀よりも自分のほうかもしれないと思う。日々スポンジみたいに刺激を吸収して学習していく子供に、のびのびできる環境を与えてやれる甲斐《かい》とでもいうのだろうか。守り育てる自覚とともに、気持ちに余裕が出て、涼紀の笑顔を見ると充実した喜びが湧いてくるのだ。藁《わら》にもすがる思いで敏暁を頼って本当によかったと思う。自分一人で他人の子供を面倒見るなんて、できるわけがない。敏暁がいなかったらと想像すると、今さらながらに冷や汗が滲《にじ》む。

「こちらこそ。敏暁には助けられてばかりだけど、末長くよろしくお願いします」

隆巳は、敏暁の両親に向かって深々と礼を返した。

園長のお見舞いを終え、敏暁の運転で車を走らせること約三十分。隆巳は、自然を多く残した公園の林で樹木の香りを肺いっぱいに吸い込んだ。

両手を広げてスーハーしていると、芳尚と涼紀も面白がってスーハーを真似する。

「当日は九時に現地集合。昼は南の芝生《しばふ》広場で弁当を食べるんだ」

敏暁が、南側に見える広場を指差す。

翌週の土曜日は遠足の予定で、目的地はこの広い自然公園。天気がいいので下見を兼ねて遊んでいこうということになって、病院の帰りに足を伸ばしたのである。

「午前中はミニSL《エスエル》に乗ったり、小動物コーナーで動物と触れ合ったり。昼食のあとアスレチックで遊んで、三時に解散」

「楽しそうだね」

「職員は気楽にしてはいられないぞ。親がついてるとはいえ、なにかあったら園の責任だからな」

「あ、そうか。気を引きしめていこう」

参加園児は約五十名。家族付き添いの遠足だから、なにをするにも大移動だ。

「園内図と回るコースを頭に入れておくように」

「了解」

「とうさん、ＳＬのりたい」

「さっそくか」

何度も来て把握《はあく》している芳尚は、中央広場から出発して林を一周するミニＳＬがお気に入りなのだ。

ちょうど、おもちゃみたいに小さな蒸気機関車がシュッポシュッポと白煙《はくえん》を上げながら目の前を通りすぎていく。

「すずも、乗りたい？」

なんて訊くまでもなかった。隆巳の声も耳に入らないようすで、涼紀は走り行くミニＳＬを夢中になって見ていた。

「じゃあ、券買ってくるから。乗り場で待ってろ」

「やった！　すずはＳＬのったことある？」

「ううん、ない。……おとうさん、すずものっていいですか？」

おずおずと窺う目が期待でキラキラしていて、隆巳は思わずほろりとしてしまう。初めてのミニＳＬで、もしかしたら今までこんな公園で遊ばせてもらったこともないのかもしれない。

「いいよ、当たり前じゃないか。ほら、敏暁が券を買ってくれてるから、待ってようね」

乗りたければ何回だって乗せてあげるよと、言ってやりたくなった。

タイミングよく先頭に並んで、敏暁が子供たちに乗車券を持たせる。隆巳にも大人券が渡されて、目を丸くしてしまった。

「俺も乗るの？」

「たまには童心に返るのもいいだろ」

あんな小さなSLに大人が乗ったら重量オーバーになるんじゃないかと思うけど、ひと回りして戻った車輌にはけっこう父親の姿もあって、みんなすごく楽しそうだ。

「ミニSLなんて初だよ」

「俺は年に三回は乗ってる」

「しょっちゅう童心に返ってるんだね」

一番前に芳尚、次に涼紀が座り、隆巳もちょっとワクワクしながら狭い座席に跨《また》がる。お尻がきっちりはまってるという感じで、その後ろに座った敏暁などはさぞ窮屈だろう。折りたたまった長い足が隆巳の腰を挟み、隆巳が少し姿勢を逸らすと敏暁の胸にもたれかかる格好になってぎゅうぎゅうだ。

機関首部分に跨った運転手さんが汽笛を鳴らし、SLがガタゴトと走り出す。せいぜい自転車をゆっくり漕《こ》いだくらいの速度だろうか。林に入ると緑を含んだ風が涼やかで気持ちいい。

樹木の間にアスレチックや幼児向けの遊具が点在していて、遊んでいた家族連れが手を振ってくれる。芳尚が得意げに手を振り返すと、それを見た涼紀も急いで手を振る。キョロキョロと周囲を見回す表情は少し照れくさそうで、それでいて大きな目が落っこちそうなほどキラキラしっぱなしだ。

「すごい喜んでる。見てるこっちのほうが嬉しくなっちゃうね」

軽く振り向きながら姿勢を逸らすと、間近の敏暁が隆巳の耳に唇を寄せる。

「ああ、俺も。隆巳の楽しそうな顔が見れて、連れてきた甲斐があった。二週間前にうちにきた時なんか、絶望でもしょってるような疲れた顔してただろ」

「確かに。次の仕事が決まらないわ子育ては難しいわで、かなり憔悴《しょうすい》してたと思う。それに、敏暁とは九年のブランクがあったから、高校時代の友達なんか忘れ去られてるかもなんて、実は心配してたし」

「まさか。俺がおまえを忘れるわけない。そんな安っぽい縁《えん》だとは思ってないぞ」

低く穏やかな声を聞いて、隆巳の胸に安堵が広がった。

「ほんと、助かったよ。断崖絶壁から落ちそうだったとこギリギリセーフって感じでさ」

「俺は隆巳の救世主か。いい例《たと》えだ」

「全く、救世主だね。また敏暁と一緒にいられるようになって、俺も高校生に戻った気分で楽しい」

大学が離れたとはいえ、出先でバッタリ出会っても不思議じゃない中距離。いつだって敏暁のことが気にかかって、忘れられなかった。就職で東京に帰ってからも、偶然を期待しては街中で彼の姿を探した。卒業式の日に戻れたなら、メールにも電話にもすぐ返事するのにと、未熟な自分をずっと後悔していた。

木洩《こも》れ日の注ぐ枝葉を見上げると、心地よい体温が背中に触れた。

敏暁の胸に背を預けて空を見上げる姿勢。この懐かしい感触には覚えがある。

いつのことだったろう——。

そうだ、あれは高二の夏休み。海辺に座って二人で流星群を観察した夜だった。

真っ暗な中で二時間かけて七つめを数えたところまでは記憶にある。眠くなって空を仰《あお》いだまま うとうとしていると、敏暁が「夜更《よふ》かしのできないお子ちゃま」などとからかいながらも胸によりかからせてくれた。

波音がひどく平和で、ぽつりぽつりと話しかけてくる声が子守唄みたいに聞こえて気分が安らいだ。背中を預けた敏暁の胸が揺《ゆ》りかごみたいで、眠気に抗《あらが》えず重い瞼《まぶた》がどんどん閉じていった。明るい陽射しを感じて「あれ?」と目を開けてみると、すでに星空と入れ替わった晴天の早朝。敏暁の胸を枕にしたまま重なるような格好で二人して大の字に寝転がり、敏暁は隆巳の下でグウグウいびきをかいていたのだった。

潮風の吹きさらす中でよくもまあぐっすり眠れたもんだとお互い感心し合い、隆巳が眠りこけたあとに十個は流れ星を見たと言われて、「起こしてくれればよかったのに」とブウブウ文句をたれた。あの時の眩《まばゆ》い朝陽は、今でも目に焼きついている。

気心の知れた同士の他愛のない会話。肩を組んだり寄りかかったり、お互いの体が触れ合うのは呼吸するみたいに自然な感覚だった。

ふと、敏暁のキスに嫌悪感がなかったのはそれと同じ感覚だったからなのだろうかと思う。馴染《なじ》んだ体温だったから気持ちよかったのかもしれない。色っぽい反応をしてしまったのは、思春期の終盤で初めてのキスで、だから……。

「すず、つぎはアスレチックいこう！」

「うん！」

子供たちのはしゃぐ声が響いて、思い出と思考に耽《ふけ》っていた自分にハタと気づく。

林を抜けて発着場のある中央広場に出ると、急に視界が開けた。タイムマシンで過去から戻ったかのような錯覚に陥って、なんだかくすぐったいような照れくさいようなで、密《ひそ》かに赤面してしまった。

あのキスの意味を考えるのは、やめよう。忘れてしまおうと思う。九年越しで元の親友に戻れたのだから――もう二度と、気まずくなりたくない。

ミニSLを降りた芳尚と涼紀は、たった今通ってきた林のアスレチックに向かって駆け出していく。

「上級者向けには行くなよ」

遊具には、体格と年齢に合わせたレベルがあるのだ。「はーい！」と返事をしながら芳尚と涼紀は低年齢児向けコーナーに駆け込んで、網《あみ》に飛びついたりロープにぶら下がったりと忙しい。

「元気だなあ」

「それが子供ってもんだ」

「すずも、芳尚くんにつられてずいぶん活発になった」

「そうだな。見るもの全てが珍しいようだが」

次々と移動していく子供たちのあとについて歩きながら、敏暁は隆巳と一緒に涼紀に視線を注ぐ。

「たぶん……遊びに連れていってもらったこととか、ほとんどないんだと思う」

「預けられてた家は、どんな環境だったんだ？」

「詳しく聞いてないけど。どの家庭も子供が高校生大学生だったらしいよ」

「う〜ん、手がかからない代わりに学費がかかる。今さら小さな子供の面倒みるほど金も暇《ひま》もないってとこか」

「そういうことなんだろうね」

無理に頼み込んで養育費は渡していたようだが、だからといって他人の子に愛情が湧くというものでもないのだろう。一歳半までは、美奈も実家で両親の協力を仰《あお》ぎながら子育てしていたそうである。しかしモデルからタレント業へと仕事が増えるにつれ、涼紀の世話を全面的に頼ることになって衝突。しかたなく実家を出たものの、一人では育てられず泣く泣く遠縁や知人の家に預けることにした――。『泣く泣く』というのはアヤしいとしても、まあそんなような経緯で涼紀を手放したわけだ。

「育った環境が性格にこんな影響するなんて知らなかったから、美奈との話し合いの時はなにも訊かなかった。でも、把握しておかなきゃいけなかったんだよね。涼紀からちょこっと聞き出した感じだと、だいたい半年サイクルくらいで転々としてたみたい」

「口が達者になってやっとオムツも外れる時期から他人の家をたらい回しか。賢い子なだけに、嫌われない方法を考えるようになったんだな」

「そう、幼いなりに自分の居場所を一生懸命作ろうとしてる。園児たちを見ててわかったけど、子供って愛情にすごい敏感」

「ああ、親のかけねない愛情は、鏡でもある。子供はかけられた愛情を映し、やがて外に向けて健全に育っていくものなんだ」

「そうだね、敏暁のおかげでいろいろ目からウロコっていうかさ。内向的なすずをどう扱ったらいいか、わからなくて弱り果ててたから」

「いやいや、あの子は全然内向的じゃない。これからどんどん変わっていくぞ」

「期待してるよ。たった二週間でもびっくりするくらい活発になったしね」

「子供の可能性は無限大だ。俺も、なんでもしてやるからど～んと頼ってくれ」

「ありがとう。俺も……うわ、汗だく」

ベンチに座って話していると、芳尚と涼紀が汗まみれで走ってくるなり。

「とうさん、ソフトクリームたべる！」

飛びつくようにして言う。我が庭みたいにして園内を駆け回る芳尚は、遊びと休憩のコースが決まっているのだ。

「おとうさん、すずも、ソフトクリームたべたい。……です」

涼紀は隆巳を見上げ、ハタと気づいたように語尾に『です』を遠慮がちにつけ足す。

なんと、初めてのおねだりだ。芳尚につられたとはいえ、語尾に『です』がついたとはいいえ、初めて子供らしい意思表示をしたのだ。だめだなどと言おうはずないではないか。

隣に座る敏暁を振り仰ぐと、敏暁は頷いて立ち上がる。

「おまえら、ゲチョゲチョ。ポケットにハンカチが入ってるだろ。手を洗って、汗もちゃんと拭けよ」

手洗い場を指差して言うと、子供たちは「ゲチョゲチョ〜」と笑い合いながらまた駆け出していく。本当に、ちょこまかと片時もじっとしていない。

中央広場の売店でソフトクリームを買ってやると、二人は充電するかのようにベンチに座ってひと休み。

「さっきの、聞いた？『いいですか？』じゃなく、『たべたい』って言ったよ。なんか、感動的に嬉しい。赤ちゃんに初めてパパって呼ばれた時って、こんな気分なのかな」

美味《おい》しそうにソフトクリームを食べる涼紀を見ながら、半ば興奮してしまう。

「わかるわかる。俺も、バーブーしか言えなかった芳尚がある日突然『とーたん』て発音した時は嬉しかった。赤飯炊いて、離乳食に煮なおして食べさせたくらいだ」

「うんうん、俺も今お赤飯炊きたい気分だ。芳尚くんの真似ばっかしてるけど、着実に進歩してるよね。もっと他にも買ってあげたくなっちゃうな」

「愛情と甘やかしは別だぞ。買い与えは、ほどほどに」

「そうだ、ベッドを買ってやろうかと……。どう思う？」

「欲しがってるのか？」

「ん〜、よくわからないけど。芳尚くんのベッドで飛び跳ねて遊んだのが楽しかったらしくて、羨《うらや》ましそうにしてる気がしたから。でも、買ってあげようかって言ったら、布団でいいって遠慮するんだ」

同居初日の、翌朝のことだ。敏暁は腕組みをして、ちょっと考えるふうにゆっくり口を開く。

「先回りしないで、少し待ったほうがいいと思うが……。欲しいものを自分から欲しいと言えるようになるのも、そんな遠いことじゃないだろうし」

「そっか、先回りはいけないか」

「しかし全面的にだめってこともない。必要な理由があればいいわけで」

「買う必要性？」

「実は、芳尚は前から二段ベッドを欲しがってる。梯子《はしご》で上の段に上がるのに憧れてるらしくてな」

「芳尚くんは一人っ子だから、ロフトベッドとか……て……あ、もしかして」

提案が想像ついて、隆巳はそれが当たっているか確認しようと敏暁に顔を向ける。見おろす敏暁は、口角をほころばせて頷いた。

「時期を見て、おまえたちが使ってる部屋を芳尚とすずの子供部屋にしようかと考えてるんだが、どうだ？」

「それいい！　二人とも仲良しだから、すっごい喜びそう。修学旅行みたいに枕投げなんかもしちゃうかも」

諸手《もろて》を挙《あ》げて賛成である。大人に遠慮して縮こまっていたけれど、活発な芳尚に影響されてどんどん子供らしさを取り戻している涼紀なのだ。いい環境を与えてやれば、そのうち敬語なんか使わず伸び伸び喋ってくれるようにもなってくれるだろう。

隆巳のほうも、まだ腫《は》れ物にでも触るように意識して優しく声かけしているけど、いたずらを大声で叱ってみたり、敏暁みたいに仁王立《におうだ》ちで「おまえら〜」なんてお小言《こごと》も言ってみたいと思う。

そう考えながら——、涼紀が芳尚に感化されて活《い》き活きしているように、自分も保育士であり父親である敏暁のいい影響を受けているのだと感じる隆巳だ。

「ま、おまえたち親子の絆《きずな》と信頼がもっと深まってからの話だがな」

「もちろん。あ、そしたら俺はどこに？」

「芳尚の部屋に移ってくればいい」

「敏暁の隣の洋室か。じゃあ俺もベッド生活になるんだ」

「なんなら、俺のベッドで一緒に寝てもいいぞ」

「あはは」

懐かしくて、隆巳は思わず笑ってしまった。

高校ですでに身長百八十センチ近くあった敏暁のベッドはセミダブル。よく遊びに行っていた当時、泊った晩は常備していた隆巳専用枕を並べて一緒に寝ていたのだ。

隣の部屋は、地方に嫁いだ敏暁の姉が八年前まで使っていた。敏暁が結婚する際に壁をブチ抜いて、今はドア続きの二間となっている。まだ独立した二部屋だった頃には、ベッドの中で夜更けまで喋っては大声で笑ったりして、「うるさい！」とお姉さんに壁を叩かれたものだった。

「嫁入りの挨拶みたいだったな」

唐突に言う敏暁は、ちょっと腰を屈《かが》め、隆巳の顔を覗き込む。

「なにが？」

なんの話に切り替わったのか、ピンとこなくて隆巳が訊き返す目を見開くと、敏暁はニヤと表情を崩した。

「さっきの、病室で。末長くよろしくってさ」

「え〜？　なに言ってんだよ。真面目に挨拶してたのに」

カクンと脱力して、メガネがずり下がってしまう。

「結婚相手を親に紹介してるみたいで、なんだかおかしくなった」

「結婚って……。保育園経営を助けるって話だろ。園長と副園長の代わりに」

「いや、仕事だけじゃない」

敏暁は真剣な顔を見せて、またフワリと表情を崩す。

「二人で芳尚とすずを育てながら、園を守っていくんだろ。俺たちは、いろんな意味で伴侶《はんりょ》だ」

「ああ、そっか。それは確かに。伴侶っていうか、一生のパートナーって言えるかも。うん、俺、ヨボヨボのじいさんになるまで敏暁と一緒に頑張るよ」

高校生の頃に、ヨボヨボになっても続くと信じていたつき合い。もう二度と取り戻せないと思った未来がそこにあるのだ。

敏暁は、満足そうに頷いた。

「いい家庭を作ろうな。で、おまえお母さん役やる？」

「なんで俺がお母さん？　敏暁より背が低いから？」

「いや、子供には頼りになる父親と優しい母親が必要だから。飴《あめ》と鞭《むち》を分担したりとかで、隆巳のほうがお母さんに向いてるかなと」

「父子同士、助け合うんだろ。俺だって、もっと子育てに慣れたらたくましい父親になれる、と思う。臨機応変《りんきおうへん》に平等に、お互い両方の役割りをやればいいじゃないか」

言いながら笑ってしまう隆巳は、手の甲で敏暁の肩をパンと叩いてやる。

「知らない人に聞かれたら誤解されちゃう会話だぞ、これ。敏暁、ちょっとキャラ軽くなった？」

「ああ、九年ぶりでおまえが戻ってくれて、浮かれてんだ」

敏暁は、一歩足を進めて隆巳の前に立つ。

「離れてる間、おまえのことばかりが気にかかってた」

音信不通にしていたことにこだわっているのだろうか。言う顔が見えなくて、隆巳の胸がドキンと鳴った。

「隆巳は？　俺を思い出すことは、あった？」

どこか甘いような、安堵を含んだような、囁きにも似た少し聞き取りづらい声だ。

鳴りやまない鼓動が、頭の中でトクトクと鼓膜を打つ。

もちろん！　いつだって忘れたことはなかったよ。そう明るく答えようとしたけれど、なぜか口が融けてくっついたかのように開かない。

敏暁が、ゆっくりと振り返った。

じっと見つめおろしてくる顔。引き締まった唇に視線が貼りつけられる。キスの感触を思い出して、体の芯が火照《ほて》ってしまった。

高校時代より男臭さが増したというか、男らしさに磨きがかかったというか……。

いやいやいや。あのキスは忘れようとついさっき決めたばかりなのに、こんなドギマギしてどうする。と、隆巳は胸の中でポカポカ自分の頭を叩いた。

「すず、アスレチックのつづき、いくぞ！」

「いくぞ！」

ソフトクリームを食べ終わった子供たちが、手を挙げてベンチからピョンと飛び降りた。その姿は。二人とも口の回りと手がソフトクリームまみれ。ハーフパンツから覗く膝小僧も、ボトボト垂《た》れたクリームでベトベト。

「おまえら……、それ洗えよ。きれいに流さないと、蟻《あり》がたかるぞ」

「ありだって」

「こわーい」

蟻の大群に担がれて巣に運ばれる想像でもしたのか、芳尚と涼紀はまた忙しなく手洗い場に駆け出していく。

甘くて冷たいおやつで充電完了。

動き出したらとまらない元気な二人は、隆巳と敏暁が子供の頃に出会っていたらきっとこんなだったろうと思える仲のよさだ。

「まだあまい？」

芳尚と涼紀は、びしょびしょの手をペロリと舐めてみる。

「うん、もうあまくない」

ソフトクリームを洗い流すの手伝ってやりながら、隆巳は二人に自分たちの姿を重ね合わせて口元をほころばせた。

いつもより一時間も早起きして、いそいそとしたくした。

天気は上々。風も爽やか。子供たち待望の遠足である。

お弁当は定番のおにぎり。おかずは、唐揚《からあげ》とウィンナと玉子焼き。それから、ホウレンソウとニンジンのソテーにプチトマトを添えて彩《いろど》りよく。

「芳尚《よしなお》、父さんの姿が見えないとこには行くなよ」

「わかってる」

「すずは迷子にならないように、芳尚くんと一緒にいるんだよ」

「はい」

「オレがついていれば、だいじょぶ！」

言うまでもなく、芳尚が頼もしく涼紀《すずき》と手を繋いで見せる。麦茶を入れた水筒を肩にかけ、リュックをしょって、涼紀には初めての遠足だ。

隆巳《たかみ》と敏暁《としあき》は引率《いんそつ》する立場なので、我が子に目が行き届かないことも多い。先週そのために下見をかねて公園で遊ばせて、もしもの時は近くの大人に頼んで迷子センターに連れていってもらえと説明して場所を教えた。敏暁の備えと準備は万端なはずだから、心配はないだろう。

集合時間の三十分前に現地に到着すると、園児たちを迎える前に職員の打ち合わせ事項を確認する簡単なミーティング。

隆巳の仕事は、職員をサポートしながら入園料やミニSLの乗車代金などの支払い、そしてその都度紛失《ふんしつ》しないように領収書を厳重に保管。集金した遠足費を全額預かっているので責任重大だ。

ほかには、先生たちが身軽に動けるようにお弁当も預かり、救急箱と一緒にキャリーバッグに詰めてガラガラ引っ張って歩く。

午前中は地域の動植物を展示した博物館を見て、ミニSLに乗り、小動物コーナーでウサギやモルモットと触れ合う予定。それだけでも大人数が順次ぞろぞろ移動していくので、スケジュールは昼食までギリギリなのだそうだ。

遅刻者もなく全員が集合すると、北村主任先生を先頭にいざ出発。

「は～い、みんな遅れないようにね～。最初は温室と博物館を見ますよ～」

広い公園とはいえ、休日を楽しむ家族連れの中を遠足チームが行進するさまは、けっこう壮観《そうかん》である。

一、二歳児はベビーカー装備の保護者がついていて、トイレの世話もお任せできるので担任の愛子はいつになく余裕で楽しんでいるようだ。しかし三歳児以上となると、年に数回のイベントでしかゆっくり顔を合わせる機会のないお母さんたちは、交流と雑談に余念がない。お喋りに夢中になっているそばから子供たちが手を離れて、ちょこまかと列から走り出ていく。それを、泰夫《やすお》とカオルと敏暁が追いかけては声を張り上げて一団に戻していく。

そのようすがまるでシープドッグみたいに見えて笑ってしまう隆巳だけれど、微力ながら一緒に走っていると息切れがして、著しい体力低下を痛感してしまう。もともと、どちらかといえば体育は苦手な文系だったし、就職してからこれまでデスクワークばかりの運動不足では、じっとしてない子供とそれを追い慣れた保育士たちにはとうていついていけないのである。

それにしても北村などは四十代だというのに、園児をまんべんなく見ながら写真を撮りまくり、さらに保護者同士のお喋りにも精力的に加わっていくバイタリティの見本。

保育というのは日々鍛錬《たんれん》だなと、汗ばむ額を拭いながらしみじみ思う隆巳だ。

ところで涼紀はというと、お行儀よく順番を待ったあとミニSLに乗って、鼻の穴を膨らませて得意満面。乗ったことあるからどんなに楽しいか知ってるんだぞ、とでも言いたげな表情で年相応の男の子らしい。

　でもやっぱり他の子と比べるとおとなしくて、芳尚を中心にみんなで遊んでいると、時折り出遅れてはちょっと離れたところで手持ち無沙汰《ぶさた》そうに見ていたりもする。そんな時は保護者としてそばについていてやれないのが申し訳なくなるけど、気づいた芳尚が「すずもはやくこいよ」と呼んでくれて、また楽しそうに輪に入っていくので心配することもないだろう。

「疲れたか？」

　敏暁が、紙コップに注いだ冷たい麦茶を差し出す。

　芝生広場で各家族が思い思いにシートを広げ、やっとお弁当タイム。職員たちも大判シートに輪になって座り、各々の弁当を並べてくつろぎのひと時だ。

　芳尚と涼紀も隣に子供用シートを敷いて、小さなお弁当箱を真ん中に向かい合ってさっそく大好物の唐揚をパクついている。

「いや〜、引率ってなかなか大変だね」

「あとひと踏ん張りよ」

　北村が隆巳の背中をポンと叩き、お重《じゅう》の箱を差し出す。

「たくさん作ってきたから、つまんでちょうだい」

海苔《のりま》巻きと鶏《とり》つくねとレンコンの挟《はさ》み揚げと――。さすが、手のこんだ和風料理。

「すごい。忙しいのにこんな立派な」

料亭にも負けないような豪勢な弁当で、保育士としても主婦としてもベテランの北村を尊敬の眼差しで見てしまう。

「夜のうちに下準備しておくのよ。朝はそんなに時間かからないわ。芳尚くんと涼紀くんも、海苔巻きどうぞ」

北村が海苔巻きを箸でつまみ、芳尚と涼紀の弁当箱に入れてやる、二人は口いっぱいに唐揚をほおばって、モゴモゴしながら「ありがとう」と言った。

「北村先生のお弁当、遠足の楽しみのひとつなんですよね。お袋の味ってカンジで、私は特にこの玉子焼きが好き」

愛子がダシ巻き玉子をパクリと食べると、敏暁もつくねをひとつ箸で取って隆巳の口の前に持っていく。

「美味いぞ。遠慮なくいただけ」

思わずア〜ンと開けた口につくねが押し込まれて、甘辛いたれの風味がまったり舌に広がった。

「ほんとに美味しい」

「よかったら、僕のも食べてください」

そう言われて顔を向けた隆巳は、目を丸くしてしまった。

タッパー型の大きな弁当を差し出したのは、なんと泰夫だ。こちらは、具材も豊かなひと口サンドイッチに、アスパラのベーコン巻きや白身魚のフリッターなどの洋風料理。

「これ、泰夫先生が作ったんですか？」

一人暮らしのはずだから泰夫が作ったに違いないのだろうけれど、つい確かめずにはいられない。

「北村先生にはかなわないけど、いちおう料理が趣味なんで」

頭をかきながら照れくさそうに言う泰夫の隣で、海苔巻きをつまんでいたカオルがサンドイッチにひょいと手を出す。

「泰夫は大学時代は料研だったからな」

「料研？」

「料理研究会。作るたびに味見させられてたんだ。こいつの腕は俺が保証するよ」

「あ、ていうとカオル先生と泰夫先生は同じ大学？」

「はい。ひよこ保育園に就職したのも、カオル先生の紹介なんです」

納得である。カオルは留年していると聞いたことがあるから、二年違いの先輩後輩。だから泰夫を呼び捨てにして、彼らの間に気の置けない雰囲気があったのだ。

　そしてもうひとつ納得したのは、それぞれの弁当。敏暁を手伝って作りながら、男の二人分にしてはちょっと少ないいんじゃないか、と思ってはいた。カオルと愛子の弁当箱も小さくて、つまりそれは、北村と泰夫の美味しい手作り弁当のお相伴《しょうばん》に預かるからなのであった。

「メニューは、毎回カオル先生の好きなものメインですよねぇ。美味しいからなんでもいいけど」

「この味が完成したのは俺のおかげだもん」

「カオル先生はグルメなもので、評が厳しくて」

「顔に似合わず口が悪いんだよな。ビシバシ言いたい放題なのが目に浮かぶ」

「それは神が与えたミスマッチなチャームポイント。敏暁先生だって、けっこう口悪いじゃん」

「俺のは自然体な男らしさだ」

「すごい美味しいですよ、泰夫先生。ん～、北村先生のお弁当と甲乙《こうおつ》つけがたい。同じチキンでも全然違う味わいだ」

　隆巳は、感心しながら並んだ弁当を遠慮なくいただく。暖かな陽射しに、気持ちよく吹き通る風。まるでホテルのガーデンビュッフェかなんかで食事しているような、お得で楽しい気分だ。

「得意分野が違っててよかったわ。泰夫先生が和食まで私より上手だったら、お株取られちゃうもの」

「いやあ、和食はカオル先生にけなされぱなしなんで頑張ってはいるんですけど、まだまだですね」

「敏暁も料理ができてすごいと思ってたのに、上には上がいるんだなあ」

「うちは昔から家事分担制だったからな。中学生の頃からお袋に叩き込まれた」

「そういえば、泊った晩はチャーハンとかよく夜食作ってくれたっけね」

などと喋りながら、賑《にぎ》やかに箸が行き交い食は進む。食べ終わってしばしすると、敏暁が伸びをして視線をぐるりと巡らせた。

「さて、そろそろ子供たちも動き出したぞ」

という声を合図に、職員たちがそれぞれの荷物を片づけはじめる。芳尚と涼紀は、すでに空《から》の弁当箱をリュックにしまい、歩き回る園児たちとお菓子の交換をしていた。

「このあとはアスレチックで自由行動だから、子供の世話は親御さんにお任せで少しは気が楽だわね」

「そしたら、俺も涼紀の相手してやれるかな」

「うん、お母さんたちの相手をしながらになるだろうけどね」

カオルがシートをたたみ、気合を入れるようにしてパンとはたく。その横で、愛子が大袈裟《おおげさ》なそぶりをしながら。

「次から次に、写真撮影ですよ。カオル先生と敏暁先生は特に、お母さんたちの間で人気だから」

覚悟しといたほうがいいですよ、といった顔で笑う。

「そ、容姿に恵まれてるもんねえ俺たち。芸能人と間違えてんじゃないの？　ってくらい撮られまくり」

「隆巳先生も、人気あるから囲まれちゃいますよ～」

「え、俺は全然、だって地味だし」

「謙遜《けんそん》、謙遜。僕なんかよりずっとイケメンじゃないですか」

泰夫がパタパタと手を横に振る。

隆巳の隣に立つ敏暁が、耳打ちするような格好で軽く腰を屈めた。

「おまえ、高校時代に自分がモテてたの知らないだろ」

「え？　俺？」

身に覚えがなくて、なんのことかとポカンとしてしまう。

「そのだっせー黒縁メガネを外した時の顔がギャップ萌《も》えだって、女子の間で密《ひそ》かにウケてたんだよ」

「ほんと？　そういうことは早く教えろよ」

と言ったところで、教えてもらっても当時の隆巳になにかできたわけでもない。

自分から女子に話しかけたりはしなかったし、一度だけ告白されたこともあるけどあまり興味を持てるタイプじゃなかったので断ってしまった。なにより敏暁と遊ぶほうが楽しくて、彼女が欲しいなんて考えもしないで過ごした高校生活だったのだから。

「はい、みなさーん。集合ー」

敏暁が声を張り上げて園児と保護者を集める。アスレチックのある林にゾロゾロ移動すると、簡単な注意事項と自由行動開始が言い渡されて、それぞれの家族が思い思いに散っていく。

すると愛子が言ったとおり、カメラやら携帯やらを手に数人のお母さんがいそいそ駆け寄ってきた。

「写真、撮らせてくださ～い」

「隆巳先生も、うちの子と一緒に一枚お願いしますぅ」

「ほら、みいちゃん。早く先生の横に行って」

　さらに、それを見た数人のお母さんたちが加わって、要求されるままあっちを向いたりこっちを向いたり忙しい。まさか自分はないだろうと半信半疑だったけれど、ほんとに敏暁とカオルと一緒に写真撮影の真ん中に入れられて驚いた。

　その向こうでは。

「せんせ〜、しゃしんうつって〜」

「はいはーい。みんなで一緒にピースしようねー」

　愛子と泰夫と北村が、それぞれ園児たちに囲まれて和気藹々《あいあい》とポーズを決める。

　彼らは純粋に我が子との記念写真を望まれているのに、同じ撮るでもこっちと全く雰囲気が違うのである。

　一枚どころかシャッターを切る音がなかなか鳴りやまず、そのうち子供そっちのけでカオルと敏暁と隆巳の三人だけ並ばせたり、近距離で単独スナップを写したり。芸能人じゃないですからと言いたくなるほど、撮影大会さながらの様相だ。

　中でもアイドル顔負けの容姿のカオルは、昔からこんな場面に慣れているのだろう。笑顔を振りまきながら、適当なところでサラリと自然に切り上げて輪から抜けていく。

「じゃあ、次は俺が家族写真を撮ってあげましょう。カメラ貸してください」

敏暁がカメラを受け取って、うまいこと撮影する側に回った。

「あ、じゃ俺もカメラマンしますから」

すかさず敏暁にならって、今度は遠巻きで子供を遊ばせていたお父さんたちも呼んで家族の写真撮り。

「いきますよー。はい、笑ってー」

パシャリとシャッターを切る。そして次のカメラを受け取って「はい、笑ってー」とシャッターを切る、の繰り返し。

最初の何枚かは写真撮影に混ざっていた涼紀と芳尚は、もうすっかり飽《あ》きて遊具によじのぼって遊んでいた。

ひと通り撮影が終わると、やっと解放された隆巳と敏暁は、次々に移動していく涼紀と芳尚を追いながらひと息。

「あ〜、びっくりした。女の人に囲まれるなんて初めてだよ」

「みんなノリがいいだろ。こんなことで思い切り楽しんでストレス発散してるんだ」

保育園に子供を預けて働くお母さんたちは、隆巳たち若い職員とは年が近い。同世代の気安さからか、とても友好的でよく喋りよく笑い、そしてパワフルだ。

「あ、敏暁先生！　隆巳先生！　写真撮りましょ」

「ツーショットくださーい」

ほっと息をついたのも束の間。歩く先々でまた写真撮影を要求されて、足止めをくらってしまう。お父さんたちは、そんな妻を「しょうがないな」といった顔で寛容に笑って見ている。アイドルの追っかけでもするみたいな軽いノリなので、気にするほどのことでもないのだろう。

「自分の子の相手してやる暇もないね」

隆巳が苦笑いしながら小声でこぼすと、敏暁はカメラに向かって爽やかな笑顔を作りながら隆巳の肩に手を置く。それを見たお母さんたちが、キャッキャと浮き立った。

「年に一度のママさんサービスだ。そろそろ終わるさ」

参加者全員が写真を撮りにくるわけじゃないから、これも今だけ。波が去るのを待つのみである。

ところが。見える範囲内で遊んでいたはずの涼紀と芳尚の姿がないことに、ふと気がついた。その時――。

「せんせーっ、すずきくんがおりらんない」

「おちちゃうよーっ」

さくら組の子が血相をかえて報せに走ってきた。

「え、なに？　どうしたの」

なにがどうしたのかわからないけれど、涼紀が危ないことになっているらしいのだけは通じた。

「どこだ？」

簡潔に訊いた敏暁は、子供たちが指差すと同時にそっちに向かって駆け出した。

隆巳も慌ててついて走ると、そこは木や遊具などの障害物がなければ見えるような近い場所で、数人のお母さんが「ここ、ここ」と言いながら上を指差して教える。

見上げた隆巳は、びっくりしてしまった。

すず！　と叫ぼうとした口が、敏暁の掌《てのひら》で塞がれた。

「いきなり大声を出したら、驚いて手を離すかもしれない」

「う……」

隆巳は、緊張して声を呑み込んだ。

子供たちの報《しら》せを聞いた瞬間、遊具に登って降りられなくなってるのかと想像した。けれど、涼紀がいるのは大きな木から横に張り出した枝。高さは三メートル以上もあるだろうか。怖くて前にも後ろにも進めず、這《は》いつくばるような格好で必死にしがみついているのだ。

芳尚が、すぐ横の上級者用遊具に登って助けようと果敢に手を伸ばしているけど、救出できるわけがない。へたしたら、二人とも落ちて怪我してしまう。

敏暁がようすを見ながら歩み寄り。

「芳尚。そこから降りなさい」

まずは芳尚に静かに声をかけてワンクッション。

しかし。振り向いた涼紀が隆巳の顔を見て、ギクリとしてバランスを崩した。

怒られると思ったのだろう。

「すず……っ。危な……」

ハラハラして見ていたお母さんたちが、いっせいに焦《あせ》りの悲鳴を上げて、それに驚いた涼紀の体がさらにビクンと跳ねた。と思った次にはクルリと半回転してぶら下がり、手が離れ、逆《さか》さまになって、重力に負けた足もズルリと枝から離れていく。

「うわーっ、涼紀！」

地面にまっ逆さまで、最悪の場合怪我だけじゃすまない。

叫んだのが先か、飛び出したのが先か。とにかく、気づいた時には猛ダッシュで木の下に到達して、両腕を広げていた。我ながら運動音痴とは思えない俊敏《しゅんびん》さだった。

が、小さな凹《くぼ》みに足をとられ、涼紀を受けとめた衝撃で足首をひねってしまった。

踏ん張りきれずに涼紀を抱えたまま、仰向《あおむ》けに倒れていく。

その体が敏暁の胸に受けとめられて、三つ巴《どもえ》でドシャリと引っくり返る。弾《はず》みですっ飛んだメガネが、お尻の下敷きになって割れる感触を響かせた。

「すず、怪我は？　どこも痛くない？」

敏暁の上に乗っかったまま確認すると、涼紀は色を失くした唇を戦慄《わなな》かせながらぶんぶん首を横に振る。

「クッションにしちゃって、ごめん。敏暁、大丈夫？」

「俺はなんともない。それより、おまえ。今、足ひねらなかったか？」

「うん……ちょっと」

敏暁から降りて体を起こすと右の足首がジンジンする。手を借りて立ち上がると、痺れるような痛みがズキズキに変わった。

「芳尚、降りてこい」

叱る顔で言われた芳尚は、神妙な顔でゆっくりと遊具から降りてくる。涼紀が進んで無謀な木登りをするとは思えないから、たぶん芳尚の先導だろう。叱られる理由を、ちゃんとわかっているのだ。

「隆巳先生、怪我したんですか？」

「大変だわ。救急車」

「いえ、ちょっとひねっただけです。すぐ治まりますから」

「本人もこう言ってるし、軽い捻挫《ねんざ》でしょう。ご心配おかけしました。あとは大丈夫なんで、みなさんは子供たちを遊ばせてやってください」

「そ、そうですか。じゃあ、いちおう北村先生に報告しておきますね」

「お願いします。たいしたことないと伝えてください」

「隆巳先生、大事にしてくださいね」

青ざめていたお母さんたちは、冷静な敏暁のようすにホッと胸を撫でおろしながら散っていった。

「歩けるか？」

「体重かけると痛いけど……ぅわ」

言ってる途中でいきなりお姫様抱っこで抱き上げられて、近くにあるベンチにストンと下ろされた。

「骨はなんともなさそうだが」

敏暁は慣れた手つきで隆巳の靴と靴下を脱がせ、踵《かかと》を持ってそっと動かしながら怪我の具合を診《み》る。

「とりあえず湿布しておいて、念のため帰りに病院に寄って診てもらうか」

「へーきへーき。それより、すずに怪我がなくてよかったよ」

そう言って涼紀の顔を覗き込んだ隆巳は、思わず息を呑んだ。

黙ってついてきていた涼紀だったが、大きな目から大粒の涙をボロボロこぼして泣いているのだ。

今までからかわれてもいじめられても、転んで膝をすりむいた時でも、ベソをかきながらけな気《げ》に我慢して俯《うつむ》いている子だった。こんなふうに大泣きするのを見たのは、初めてのことだ。

「ど、どうしたの。怖かった？　もう大丈夫だよ」

「ごめんなさい、ごめんなさい」

涼紀は嗚咽《おえつ》しながら隆巳のシャツの裾《すそ》にすがりつく。

木に登ったことか、落ちて隆巳に怪我をさせてしまったことか、なにを謝られているのかわからなくて戸惑ってしまう。なんて声をかけてやったらいいのか、困って敏暁の顔を窺うと、隆巳の足元にしゃがんだ敏暁が「なんでもいいから、なにか言ってやれ」とジェスチャーで示す。

「えと……、すず？　そんなに泣かなくても」

「けがさせてごめんなさい。あぶないことしてごめんなさい。もうしませんから、すずはおとうさんがだいすきだから……おいださないで」

涼紀は、わあわあ泣き声を上げ、なおも隆巳にすがりつく。手を離したら最後だといわんばかりの必死さだ。

隆巳は唖然として、敏暁と顔を見合わせた。

涼紀にとって失敗は、イコール『追い出される』という絶望感に直結しているのだ。初めて見せた大泣きの理由が『おいださないで』だなんて、悲痛すぎる。

安心させてやれる言葉を探しながら、指先でそっと頭を撫でてみた。

「追い出したりしないよ。お父さんもすずのこと、大好きだから。ね？」

「なあ、すず。どうして木登りなんかしたんだ？」

「よ……よしなおくんが……やろうって」

「そうか。芳尚も一緒に登ったんだな」

運動神経のいい芳尚は自力で降りたけれど、涼紀は動けなくなってしまったのだ。そして責任を感じた芳尚は、懸命に助けようとしていたわけだが……。

敏暁が包帯を巻きながら厳しい目を向けると、芳尚はボソボソと口を開く。

「おとなのアスレチックは、あそんじゃいけないから」

「だからって、木なら遊んでもいいってことにはならないだろう。なぜあんな高いとこに登った？」

「せいぎの……しゅぎょう」

「はぁ？」

隆巳と敏暁は、同時に聞き返した。

「おとなになったら、いっしょに……せいぎのヒーローになってワルモノをやっつけようって。すずとやくそくしたんだ」

「ああ……そういえば」

ヒーローごっこが大好きな芳尚と涼紀である。先週日曜の朝のテレビで、華々しく登場したヒーローが木の上から空中回転して悪者に飛びかかる場面があった。それを見てエキサイトしていた二人だったが、つまりこの木登りはその真似。ヒーローたるもの木に登れなければと、将来のために修業していたつもりだったのだ。

なんとも可愛らしい理由で、笑いを誘われてしまう。しかし、今は和《なご》やかに笑ってる場面じゃない。

「すず……ごめんね」

反省しきりの芳尚は、おずおずと手を伸ばす。ところが。

「よしなおくんなんか、きらいだ！　もうあそばない。すずはヒーローなんかならない」

涼紀は芳尚の手を払いのけ、烈火《れっか》のごとく拒絶してさらに激しく泣き出した。

ひどくショックだったのだろう。芳尚は手の甲で目元をゴシゴシ拭い、シュンとして俯いた。

包帯を巻き終えた敏暁は立ち上がり、隆巳の耳に顔を近づけて言う。

「しばらくスキンシップ。落ち着いたら少しずつ話をしてやれ」

それから芳尚の手を取って、少し離れた遊具に促した。

「おまえは、こっちでお説教だぞ」

歩きながら、敏暁は手を繋いだ息子になにか語りかける。芳尚はひとつひとつに頷いては言葉を返し、目元を拭いながら何度も涼紀を振り返った。

スキンシップ——。

そういえば、気を遣って優しく話しかけるように心がけていたけれど、今までスキンシップなんてしたことがなかった。手を繋いで歩いたり、たまにちょっと頭を撫でてやることがあるくらいだ。

どうやればいいのか考えて……。三歳児クラス担任の泰夫が、よく子供を膝に乗せて泣きやむのを待っていたっけな、と思い出した。

泣き続ける小さな顔をそっと引き離すと、シャツの裾が涙と鼻水でぐっしょり汚れていた。だけど、先生たちがお漏らしを平気で片づけたり、鼻タレの子を気にもせず抱っこしたりするのを見て『えらいなぁ。俺にはできないいなぁ』なんてよく思っていたけど、今は汚いなんて感じない。

膝を跨《また》ぐ格好で座らせるとグシャグシャの顔を胸に抱き寄せ、放っといたら吐くんじゃないかってくらい激しく嗚咽する背中をさすってやる。

髪に頬《ほお》擦《ず》りしてみると、汗の匂いと高い体温に子供の存在を強く感じて、なんだか胸が締めつけられた。

「ねえ、すず。そんなに泣いて、喉乾かない？」

明るく訊いてみると、涼紀はヒクリとして身を縮こまらせた。嗚咽はとまらず、隆巳の胸に顔を伏せたまま。

「おとうさん……すずをきらいにならないで」

それでも少しずつ落ち着いてきて、振り絞る声で切々と訴える。

「なにをしたって、嫌いになんかならないよ。すずは、お父さんの大事な子供だもの」

これは、気遣いなんかじゃなく自然にこぼれた言葉だ。

押しつけられて、確かに最初は憐《あわ》れみと引き取ってしまった責任感しかなかった。繊細な涼紀をどう扱ったらいいのか困惑するばかりだった。

でも、今は違う。もっと父親らしく接してやりたい。追い出されるだとか嫌われるだとか、そんなことを恐れずに素直な感情をぶつけてほしい。血の繋がりなんかなくたって、我が子としてこの手でまっすぐに育ててやりたいと思う。

これは、父性愛の芽生《めば》えというものだろうか――。そんなことをふと実感すると、くすぐったいような温かな感情が胸に流れて、言いようのない愛《いと》しさが込み上げた。

「ヒーローになりたいって、すごく大きな夢だ。目的のために努力するのは、いいことだよ。お父さんも、すずと芳尚くんを応援したいな」

涼紀の嗚咽が、ピタリととまった。

「だけど、大人がついてないとこで無茶な修業をしたのはいけなかった。そこはちゃんと叱らなくちゃね」

隆巳は、涼紀の頭を撫でながら顔を仰向かせ、ゲンコツでおでこをコツンと小突いてやった。

「こら。お父さんを心配させて、いけない子だ。反省しなさい」

ちょっと怒った顔を作ったあとに笑いかけてやると、涼紀は潤む目でじっと隆巳を見つめる。言葉の意味と隆巳の表情を、一生懸命に照らし合わせているようだ。

「は……はんせいしてます」

「よし、いい子。すずが元気に遊んでくれてると、お父さんは嬉しい。だけど、あんな高いとこに登って、落ちて怪我でもしたら……」

涼紀と向かい合ってじっくり話をするのは、初めてのことだ。言葉は通じているだろうか。大切だという想いは伝わっているだろうか。

涼紀は、真意を探るような真剣な眼差しで見上げてくる。

へんに気遣って合わせた言葉を選ばなくても、ごく普通に率直に話せば子供は充分に理解してくれる。と敏暁に教えられたことがあった。

こんなふうに大泣きしてしがみついてくるのは、父親として慕《した》ってくれているから。そう、これは記念すべき成長の一ページだ。

繊細で賢い涼紀なら、愛情をこめたありのままの語りかけを、ちゃんとわかってくれるはず。

「落ちて、もしすずが死んじゃったりしたら、悲しくて悲しくてお父さんのほうが死にたくなっちゃうよ」

率直に、失いたくない存在なのだという想いを伝えるために言い直してみた。

「すずのせいでけがしたのに……おこってないの?」

涼紀は、隆巳の顔色を窺いながら恐る恐る訊く。

「そんなことで怒らないって。すずが怪我しなくて本当によかった。危機一髪だったね。さっきのお父さん、かっこよかっただろ。ダッシュですずを受け止めてさ」

「う、うん！　かっこよかった。ヒーローみたい」

涼紀は大きな目をいっそう見開いた。あどけない瞳がキラキラして可愛らしい。

「ああ、顔がゲチョゲチョ。ほら、鼻かんで涙拭いて」

ハンカチで鼻をかんでやり、涙を拭いてやると、涼紀は強張《こわば》らせていた身をようやく緩《ゆる》め、はにかむ微かな笑みを浮かべた。

「あのね、なくとうっとーしいっていわれるの。すず、もうなかないから」

隆巳は鼻の奥がツーンとして、思わず空を仰《あお》いで目頭を押さえた。

こんな小さな子なのに。預けられていた時は今よりもっと小さかったのに。泣くと鬱陶《うっとう》しがられて、子供らしいわがままも言えず、肩身の狭い思いをして育ってきたのだ。

「お父さんはね、すずが泣いても鬱陶しいなんて思わない。だって、ほら見てごらん。大人だって、泣いちゃうことあるんだよ。だから、子供はいくらでも泣いていいんだ」

隆巳は、潤む自分の目元を指差して見せた。

「おとうさん……、あし、いたいですか？」

涼紀は心配そうに表情を曇らせ、捻挫した隆巳の足首に視線を落とす。

「あっ？　ああ。う、うん。ちょっとね、だからちょっとだけ泣いちゃった。でも、もうそんなに痛くなくなってきたから大丈夫」

うっかりな発言をしてしまった。せっかくいい感じになってきたのに、よけいな心配をさせてまたこじらせたら大変だと、隆巳は慌てて打ち消した。

涼紀は、そんな隆巳の顔にそっと手を伸ばす。小さな指で目元に触れると、膝からピョンと飛び降りて駆け出した。

「あ、すず？　どこに」

追いかけようと立ち上がったけれど、とっさのことで足首が痛んで、へにゃりとベンチに座り込んでしまった。

涼紀は自分が落ちた木の下に立って地面を見渡し、なにかを拾って駆け戻ってきた。隆巳の前に立つと、おずおずとそれを差し出した。

「メガネ……、ごめんなさい。こわれちゃったです」

すっかり忘れていたけれど、涼紀を受けとめた弾みで落ちてお尻の下敷きになったメガネだった。隆巳の顔にかかってないのに気づいて、探しに走ってくれたのだ。

「ああ、なんだ。どうりで視界が悪いと思った。探しにいってくれたんだね。すずは優しいね、ありがとう」

　涼紀は俯きがちに、上目遣いで隆巳を見上げる。今度こそ怒られるんじゃないかと、不安そうな面持ちだ。

「すずはこどもだから、おかねないけど……。おとなになったらべんしょうします」

　歪《ゆが》んだフレームが真ん中から見事に折れ、レンズは両方ともひび割れている。隆巳は悲惨な姿に変わり果てたメガネを木洩《こも》れ日にかざし、ぷふっと吹き出した。

「親に弁償なんてしなくてもいいんだよ。反省してごめんなさいしたんだから、もう気にしないの」

「でも、メガネないとみえないでしょう?」

「このくらい近づけば、すずの顔はよく見える」

　隆巳は言いながら涼紀に顔を近づけ、おでことおでこをコツンとぶつけて笑った。

　軽い近視に乱視が入っているから文字が読みづらいけれど、生活するにはそんな不自由でもない。足の痛みが引いたら新しいのを作りに行けばいいし、それまでは古いメガネで事足りる。

　ようやく安心したのか、間近に見える大きな瞳が心からの笑みを返してきた。

　なんだか、父と子の距離が一気に縮まった気がする。これまで、恵まれない境遇で育った涼紀を哀れんで、腫《は》れ物に触るようにして気遣うばかりだった。可愛いと思えるようにはなってきたけど、あくまでも他人の子であり、こんなふうに父親として無事な成長を祈り愛しむ気持ちなんてなかった。

だから、それを敏感に感じ取っていた涼紀は、どんなに優しく接したところで『いい子にしていないと追い出される』という不安が消えずに萎縮《いしゅく》したままだったのだ。

自分の居場所を求めて必死にいい子にしていた幼い子供。求めていたものは、守り育ててくれる親の愛情――。

「すずは、芳尚くんのこと大好きだよね」

涼紀は睫毛を瞬かせ、困った顔で俯く。

「嫌いなんて言ったの、本気じゃないのわかってるよ。だって、二人は親友だろ」

今度は、涼紀は小さく頷いてチラリと芳尚を振り返る。

敏暁はじょうずに叱って、わだかまりなくお説教を終えたのだろう。遊びはじめた芳尚が、丸太平均台でバランスをとりながらも涼紀を気にしては何度も何度もこちらに顔を向けていた。

「お父さんも、敏暁とケンカしたりすぐ仲直りしたり、だけどいつだってお互い大好きな親友同士だから。ヨボヨボのおじいさんになっても二人でひよこ保育園を守ろうって、約束してるんだ」

涼紀は尊敬するような、ちょっと羨《うらや》むような顔でじっと耳を傾ける。

「だからすずも、芳尚くんと一緒にヒーローになる修業、続けなきゃ。あ、危なくない修業だよ」

涼紀の表情が、パアァッと明るく晴れ渡った。

「すず、ごめんなさいしてきます」

「よし、その意気だ。お父さんはここで見てるから、仲直りして遊んどいで」

パンとお尻をはたいて送り出してやると、涼紀は芳尚に向かって元気に走っていく。

あとは敏暁がうまく取り持ってくれるだろう。

お互いごめんなさいをし合い、やがて仲良く遊びはじめると、涼紀が振り向いておずおずと手を振る。

隆巳は笑顔で両手を挙げ、大きく振り返してやった。


解散のあと、大丈夫だと言うのに強引に病院に連れていかれた。

診察の結果は、軽い捻挫。

一週間分の湿布をもらって家に帰り着くと、車からお姫様抱っこで運ばれて、通りすがりの人に見られてちょっと恥ずかしい思いをしてしまった。

「たいしたことなくて、よかったな」

敏暁は夕飯のしたくをしながら、肩越しに顔を向けて言う。

「だぁから、病院なんかいくほどじゃないって言っただろ」

「ま、大事にするにこしたことはない。しばらくつきっきりで世話してやるぞ」

「いらないってば。特に、お姫様抱っこはするなよ。思いきり体重かけなきゃ自力で歩けるんだから」

隆巳はダイニングテーブルでインゲンマメのすじを取りながら、笑って拒否する。

「怪我人の移動は抱っこと決まってる」

「恥ずかしいから、やめろ」

「はずかしくないよ。オレもこっせつしたとき、とうさんにずっとだっこしてもらってたもん」

芳尚が、マメのすじ取りを手伝いながら真面目な顔で口を挟んできた。その隣で涼紀は
「だっこしてもらって」と小声で心配そうに言う。

「芳尚くん、骨折したことあるの？」

「うん、すっごくいたかった」

「去年、ジャングルジムから落ちて足を折ったんだ」

「そりゃ……すごく痛い。でもまた木に登ったりして、勇気あるね」

「懲《こ》りないよな。ナントカは高いとこが好き、ってやつだ」

「それしってます。バカはたかいとこがすきなんだよね」

「バカってたかいとこすきなのか〜、あはは」

「へんだよね〜」

涼紀は自分が芳尚を『バカ』と言っていることに気づかず、芳尚も『バカ』と言われたことに気づかず、無邪気に声を上げて笑い合った。

敏暁は、そんな二人を目を細めて見ながら隆巳の耳に口を近づける。

「うまくいったみたいだな。すずの表情が安定してる」

その通り。これまでの涼紀は、大人の会話に口を挟むことがなかった。こうして芳尚と一緒になって混ざってくるのは、この家が——この父子同士が協力し合う家庭が、自分の居場所なのだとわかってくれたからだ。

「敏暁の日頃のアドバイスのおかげだよ」

平和な気分の隆巳は、度の合わなくなっている古いメガネの奥から、瞳に感謝をこめて敏暁を見上げた。

芳尚と涼紀は、大事をとって座ったままの隆巳の代わりに、テーブルを拭いたりお茶碗を出したり、いろいろと手伝ってくれる。母親はいなくても、男四人で作る団欒《だんらん》。これはこれで、いい家庭だなとほのぼのして思う。

夕飯のあとは、子供たちは風呂に入って就寝《しゅうしん》だ。食器を流しに運び終えた芳尚が、隆巳の袖を引っ張った。

「たかみ、いっしょにふろはいろーぜ」

「家では隆巳父さんと呼べ」

食器を洗う敏暁が、濡れた指で芳尚のおでこをピシッと弾いた。

父をリスペクトしている芳尚は、敏暁の真似をして時たまこんなふうに隆巳を呼び捨てにしてはデコピンをくらう。顔立ちはあまり似てないけれど、表情や仕種、喋りかたはチビ敏暁といった感じで、羨ましいほど良好な親子関係である。

「オレがあたまあらってやるよ」

「すず、せなかあらいます」

いつもは敏暁と隆巳が日替わりで一緒に入り、子供たちの体洗いを手伝ってやるのだが、今夜は二人とも隆巳を洗ってくれる気満々。

「じゃあ、洗ってもらおうかな」

「そうしろ。ここが片づいたら、俺も手伝いにいってやる」

「敏暁はいいよ。四人で入ったら狭いだろ」

一般の家庭風呂より広くはあるけど、全員で入ったらさすがにギュウ詰めだ。

しかし、断ったというのに……。

子供たちの体洗いを監督したあと、二人がかりで頭を洗ってもらってる途中で敏暁がガラリと風呂場の戸を開け、全裸でズカズカ乱入してきた。

「ほら、やっぱりな。捻挫をあっためたらダメだろう。水に浸けておかないと」

敏暁は洗面器に水を張り、隆巳の足を浸させる、

「いいって言ったのに。狭いっ」

などと文句を言ってみるけれど。実は、シャワーだけだから大丈夫だと思ったのに、湯を使ってるうちに温まって足首がズキズキしはじめていたのだった。

「おまえたち、ご苦労。あとは父さんがやるから、湯船に浸かってゆっくり十数えて、のぼせる前にさっさと出ろ」

「はーい」

言われた芳尚と涼紀は素直に湯船に入り、声を合わせてゆっくり十を数えてホカホカになって風呂から出ていく。

その間にも敏暁は隆巳のシャンプーを手早く完了し、背後に膝をついて座るとボディタオルを泡立てて甲斐甲斐《かいがい》しく背中を洗う。

脇の下から胸までも洗われて、隆巳は股間を見られないように両足を縮めて隠した。

努めて考えないようにしていたけれど、まだ自分のゲイ疑惑は解消していない。九年前はキスだけで反応してしまったのに、こんな露《あら》わなシチェーションで脚の間のアレがまた悩ましいことにならないという自信がないのだ。

「裸のつき合いなんて久しぶりだな。おまえ、昔から痩せててなまっちろかったけど、相変わらずの体してんのな」

「そ、そお？　……かなぁ」

とぼけて答えを濁《にご》すが、確かに子供の頃から華奢で、日焼けしてもすぐ抜けてしまう色白な肌質だった。高校時代は、同じ身長の男子と並んでもひと回り小柄に見える損な体格ではあった。

泊りにきて敏暁とよく一緒に風呂に入ったけど、男友達の体なんていつまでも憶えてるなよと言いたい。

「痛いのは足首だけだから、あとは自分でやるよ」

「ケツは？　腰を浮かせないとうまく洗えないだろ」

「う……」

「立ってみ。すべらないように、ゆっくり」

不自然に固辞《こじ》していたら、へんに意識しているのがバレてしまう。平常心でやりすごさねばと、隆巳は背後から敏暁に支えられて立ち上がった。

「そこにつかまって。転ぶなよ」

右足を洗面器の水に突っ込んだまま左足に体重をかけ、両手でシャワーポールにつかまる。へっぴりごしの体勢になったお尻をさっそく洗われて、されるがままの気分がいたたまれない。

敏暁は、隆巳の体がバランスを崩さないよう、後ろから回した左手でへそのあたりを押さえ、右手のボディタオルで丁寧に臀部《でんぶ》を擦《こす》っていく。

隆巳の背中に敏暁の胸が時おり触れて、艶《なま》めかしく擦れ合う。

「て……丁寧すぎないか？」

「いいや。俺は、自分のケツはいつもこのくらい丁寧に洗ってる」

「ふ、ふぅん？」

泡でニュルニュルする感触がやけに刺激的で、だんだんいかがわしいような錯覚に陥ってきた。心配のタネだった股間が、ズキズキと疼き出した。

これはマズい！　隆巳は焦った。

捻挫がズキズキ痛いのとは、ズキズキの種類が違うのである。隆巳はポールにぶら下がるような格好で必死の声を上げた。

「もも、もういい。敏暁は自分の体洗えっ」

「遠慮するな」

敏暁の左手が、ツルリとへその下方にすべりおりた。

「おっと、手がすべった」

「っ……ぅ」

ただでさえ危《あや》うい状態だったのに、きわどいとこに触れられてソコがひと回り大きくなってしまった。

シャワーポールにしがみつく隆巳は、『これ以上反応するな！』と胸の中で下半身に命令する。

しかし。

「うわはぁっ」

　せっかく努力してたのに、無情にもボディタオルが内股まで擦りはじめて、思わずへんな声が口から転がり出た。

「こっちもしっかり洗っておかないと」

　敏暁は、隆巳の鼠蹊部《そけいぶ》をややわやわと揉むようにして泡を広げていく。

「いいっ、もういいいから」

「おや、デリケートな部分が固くなってきた。ちょっと擦りすぎたか？」

　なんかわざとらしい。いや、絶対わざとだ。セクハラして遊んでいるとしか思えない口調と手の動きだ。

「独り身が長いからなあ」

「おまえ、俺が動けないと思って……っ」

　大胆にも、敏暁の手がデリケートな部分を握り込む。微妙に勃《た》ちかけていたソレが、一気に膨れてグイイッと頭を持ち上げた。

「ついでに抜いといてやろう。これも父子同士の協力の一環だ」

「おっ、男にしてもらっても、う……嬉しくない」

　敏暁は、隆巳の背中にピタリと寄り添い、顔を並べて下腹を覗き下ろす。

「そうかな。喜んでるように見えるが」

反論も言い訳もできない。本気で拒絶してないのも大暴露。敏暁の手に捉えられたソコは、すでに隠すこともできない状態なのだ。

「く……ぅ」

泡だらけの敏暁の指が、しっかり勃ち上がった先端をニュルニュル撫で回す。

隆巳は歯を食い縛り、乱れる呼吸をこらえた。子供たちがまだ脱衣所にいるかもしれないから、おかしな声は出せないのである。

「懐かしいな。修学旅行を思い出すよ。夜中に無修正の海外雑誌を見て手コキし合ってるやつらがいたの、憶えてるか？」

言いながらも、敏暁は握る手の動きを上下に変えて扱《しご》いていく。

そんな連中、確かにいたな……と考える間もなく官能が追いたてられて、隆巳の下半身が甘く痺れた。

「溜まった時はどうしてた？　オカズはなんだった？」

女っ気なしの独身生活を見透かされているのだろう。敏暁のキスをオカズにしてたなんて、口が裂けても言えない。

「と……敏暁は……？」

「秘密だ」

ストロークがしだいに速まって、勃ち上がりの下の膨らみをつかむようにして揉まれる。

「ん……ふぅ……ぅ」

「誘発された」

吐息まじりの低い囁きと同時に、固いモノが腰に押しつけられた。

敏暁のソレも、いつの間にか隆起《りゅうき》していたのだ。

グリグリする感触に性感が昂ぶって、どうしようもなく気持ちがいい。体勢を変えて正面から抱きついて、九年前よりもっと感じるキスがしたくなる。

やっぱり自分はゲイだったのだろうか。高校生の頃から自覚なく敏暁を好きになっていて、だから女の子に興味が向かなかったのだろうか。敏暁はどうなのだろう。なぜこんなことをするのだろう――。

意識が九年前のあの日に立ち戻っていく。

腰が敏暁の固さを求めて、モゾモゾと動いた。

「あっ……もぅ出る」

押しつけてくる隆起の先端から熱が吐き出されたのを感じて、肩がブルッと震える。強く扱き上げられて、パンパンに張った隆巳の幹が膨れて暴発した。

「はぁ……ぁ……」

　事後を知ってのぼせた頭が急速に冷えていき、目を開けた隆巳は焦点を合わせようと瞬きした。瞬間、敏暁の手で扱き出された白液がタイル壁に飛び散っているのを見て、恥ずかしさで頬が熱くなった。

　壁だけじゃない。自分の体の前も後ろも、いかがわしい液でデロデロだ。

「お互い早かったな。すっきりした」

「う……が……」

　なにか言い返そうにも、言葉が出ずに口だけパクパクしてしまう。

　シャワーで慌てて体を洗い流すと、逃げるようにして風呂場の戸を開ける。

「上がるのか？　まだ全部洗ってないぞ」

　敏暁はクスクス笑って言う。アタフタする姿を楽しまれているのだ。

「いい。のぼせたから」

　やっと出たのは、ありきたりな言葉だった。隆巳は左足に重心をかけてひょこひょこと跳ねながら脱衣所のバスタオルに手を伸ばした。

「慌てると転ぶぞ」

「だいじょぶ」

「すぐ湿布しろよ」

「わかってる」

洗ったのは、頭と背中とお尻と、……股間。だけど、これ以上敏暁と一緒に風呂に入ってたらのぼせてしまう。

鼻血でも出したらそれこそ笑えない話だ。

髪を乾かすのもそこそこに脱衣所を飛び出すと、芳尚と涼紀がリビングのソファで風呂上りの牛乳を飲んでいた。

ショックだ。美奈《みな》とのベッドインでは全然だめだったのに、敏暁の手で簡単に達《い》かされてしまった。

涼紀の隣に座って、放心してしまう。

「おとうさん……としあきせんせいと、ケンカ？」

涼紀が空《から》のコップを両手に挟んで、心配そうに隆巳を見上げる。やはり、あの最中まだ脱衣所にいて、すったもんだを聞かれていたのだった。

「ち、違うよ。ちょっとふざけただけ」

「おとなのくせに、とうさんは、ふざけんぼだからな。おれが、おせっきょうしといてやるよ」

「た……頼もしいね。はは……」

足首に湿布を貼ると、涼紀と芳尚が包帯巻きの作業を一生懸命に手伝ってくれる。

風呂場のほうから戸の開く音が聞こえてきて、ドキンと反応した隆巳の頬がまた赤くなった。

敏暁が風呂から上がったのだろう。どんな顔をしたらいいのかわからなくてドギマギがとまらない。

そうだ、敏暁がリビングにくる前に二階に上がって寝てしまおう。まだ八時を過ぎたばかりだけど、こんな時はさっさと寝てしまうにかぎる。

「お父さん、疲れたからもうすずと一緒に寝るよ」

「うん。おとうさんいそがしかったし、けがしてるもんね」

「さ、汗も引いたから二階に行こう」

すっくと立ち上がると、すかさず涼紀と芳尚が両脇から支えてくれる。小さくて全然助けになってないけど、二人の気持ちはありがたい。

助けられてるフリをして、子供たちの肩に手をかけヨロヨロと歩く。

落ちないように気をつけて階段を上がり、芳尚に「おやすみ」を言ってそそくさと部屋に逃げ込んだ。

「おやすみ、すず。ぐっすり眠ってね」

「はい、ぐっすりねます。おやすみなさい」

遠足で思いきり遊んだ涼紀は、布団に入ると同時に健《すこ》やかな寝息をたてる。

父子の情が通じ合った記念すべき日。我が子の寝息というのは、なんと気持ちが安らぐものであろうか。

などと努めて安眠しようとするけれど……。

いつもより三時間も早い就寝でそうすぐに寝つけるものじゃない。階下から聞こえてくる敏暁の気配が気になって気になって、つい耳をそばだててしまう。

おかげさまで体はスッキリしたものの、いつまでたっても抜けない悩ましさに悶々《もんもん》とする隆巳であった。

「よしよし、夢はヒーロー」

閉園した午後七時過ぎの総合保育室。隆巳は展示壁に貼り終えたばかりの園児たちの作品を眺め、腕組みをして「うんうん」と頷いた。

作品のテーマは『大人になったら〇〇になりたい』である。

一、二歳児の絵は点やら線やらに大胆な色を載せた抽象的作品だけれど、それなりに意味があり、幼い夢が詰まっている。三歳児は人や動物の形がそれなりにわかるようになっていて、四歳児はそれがグレードアップしてなにを描いているのか、なにを言いたいのかだいたい察することができる。そして、さすが五歳児ともなると人物がポーズをとり、子供によっては細部まで描き込んであって、さらに覚えたての平仮名で説明まで書かれていたりもする。

遠足で「ヒーローなんてならない！」と言い放った涼紀だったが、そこに描かれているのはマフラーを巻いた二人のヒーロー。涼紀と芳尚の未来の姿だ。

芳尚の絵にも同じような人物が描かれていて、こちらはそれぞれポーズを決めたヒーロ

－二人と足下に転がる悪者。余白には『おとなになったらひよこほいくえんのえんちょうになるしかしそのじったいはせいぎのひーろーだ』と伸び伸びした字で書いてある。

「かっこいいだろ。だれとだれか、わかる？」

作品群を閲覧《えつらん》していた芳尚が、駆け寄ってきて絵と同じ決めポーズをして見せる。

「もちろん。こっちが最強リーダーのレッド、芳尚くんでしょ。これはリーダーと力を合わせて戦うブルー、すず」

「あたり！」

芳尚は、得意げに胸を張った。

「おとうさん」

ツンツン、とエプロンの裾が遠慮がちに引っ張られた。涼紀も自分の絵の感想を言ってほしいのだ。いつものはにかみ笑顔に、期待の色を含めて隆巳を見上げる。

二列離れた涼紀の作品の前に立ち、隆巳は描かれた人物を指差した。

芳尚の絵を簡略化したような線で、ありえない骨格ながらも決めポーズ。眉の太さと微妙に違う表情が、二人をしっかり描き分けている秀逸《しゅういつ》な一枚だ。

「これが優しく賢い正義の味方、すず。こっちが頼れるリーダー芳尚くん。ひと目でわかっちゃった。二人ともかっこいいね。ヒーロー目指して修業、頑張れ」

言ってやると、涼紀はちょっと照れくさそうに笑った。

「よし、すず。しゅぎょうだ！　ニードル・ファイアァァッ！」

芳尚がでんぐり返しして雄叫《おたけ》びを上げると、すずもジャンプしてポーズをとる。

「スピン・フラーッシュ！」

今日も元気いっぱいである。

隆巳の捻挫は重心をかけるとまだ少し痛むものの、無理をしなければ普通に歩ける。前より細めの黒いフレームを選んで、新しいメガネも作った。

まさか懲りてヒーローを諦めるとか思っちゃいなかったけど、五日も前の事件なんて子供たちの心には僅かなわだかまりも残していないのだ。

「泰夫のバカタレ！　根性なし！」

平和な保育室に、突然カオルの罵声が飛び込んできて、芳尚と涼紀はハタと修業の動きをとめて振り返った。

「カオル先生……？　なにか怒ってるのかな」

隆巳はメガネをずり上げ、レンズ越しに目をすがめた。

園児たちが帰ったあと、遠足の思い出制作で先生たちはめったにない残業中だ。

愛子と北村はもも組教室に模造紙《もぞうし》を広げ、カラーマジックで公園の見取り図と遊んだ施設や触れ合った小動物を漫画イラスト風に描いて、そこに園児たちのスナップ写真を貼っていく作業。

カオルと泰夫はさくら組教室で、全員に配る冊子の編集をしているのである。

ぼそぼそとなにか言う泰夫のあとに、「はっきりしろ！」というカオルの怒声が聞こえ

て、隆巳はこっそりさくら組の教室を覗いてみた。

机を挟んで向かい合い、肩を竦《すく》める泰夫に苛立《いらだ》つカオルが声を荒げる。

「だから、おまえはどうしたいんだよ」

「僕には……どうする権利も……」

「権利ならあるだろ。俺は泰夫を選んだんだから」

「だけど、もし保育士の資格を失くしたら僕は……他に能がないんで、カオルさんに苦労させてしまう」

資格を失くす、カオルに苦労かける、とはどういう意味だろう。

ちょっと変わった事情を抱えていそうな二人の諍《いさか》いに、隆巳は悪いと思いながらも首を傾《かし》げて聞き耳をたてた。

「おまえ、俺を養うつもりでいんの？　嫁でも養うみたいに？」

「や、そうじゃなくて……。でも、それとこれは別にして……お母さんのお見舞いには行

ったほうが」

「だまされんな、ばか！　どうせたいした病気じゃないんだ。俺を連れ戻すために札束積んでわざわざ入院したんだよ。のこのこ見舞いになんかいったら、無理やり家に帰されちまう」

「だけど、本当に重い容態だったりしたら」

「ただの胃炎だっつの。それともおまえ、脅しに屈して俺と別れる気？」

「それは……、いやです」

「だったら、グダグダしてないで俺を連れて逃げるくらいしろっ。力づくで引き離されたらどうすんだ。駆け落ちするくらいの気概《きがい》を持て！」

　隆巳は唖然としてしまった。彼らは恋人同士で、どうやらカオルの両親が二人を引き離そうと画策しているらしい。

「たかみせんせー、かけおちってなんだ？」

　芳尚に訊かれて、隆巳はハッと我に返った。芳尚と涼紀も、一緒にさくら組の教室をこっそり覗いていたのだった。

「えっ？　えと……それは……。な、仲良し同士を引き離そうとする悪者から逃げて、二人で隠れる……こと、かな」

「間違っちゃいないが、幼児に説明するには難しい単語だな」

いつの間に後ろに立っていたのか、敏暁がやれやれといった顔で言う。ひょいと教室に顔を出すと、カオルと泰夫に声をかけた。

「ケンカは家に帰ってやってくれ。子供たちが聞いてる」

泰夫が座ったまま気まずそうに「すいません」と敏暁に頭を下げ、カオルは叩くようにして机に手をついて立ち上がる。

「あとはおまえ一人でやってろ。俺は頭冷やしてくる」

言って怒りに任せた足取りで教室を出るカオルの肩に、敏暁が軽く手を置いた。

「どうした。できることがあれば聞くぞ？」

「ありがとう。ちょっと、あとで相談するかも」

「わかった」

小声の会話を耳にした隆巳は、園庭に出ていくカオルを見送りながら驚愕してしまう。

「しょっちゅうケンカしてるけど、なんだか今回は深刻そうね」

「なにがあったんでしょうね」

背後から聞こえた声に、振り向いた隆巳はまたも驚いてあんぐり口を開けてしまった。

「北村先生、愛子先生。彼らのこと、知ってたんですか？」

「あの人たち、へんに隠したりしないから。そういうの最近は多いし、別に驚くことでもないわよね」

「カオル先生と泰夫先生がケンカしながらもくっついていく過程を、私たちリアルに見てましたもん」

北村と愛子は、顔を見合わせて口々に言う。

「さあ、残りの作業やっちゃいましょう」

北村は、愛子を促してもも組教室に戻っていく。いつもと違う言い争いを聞いて、心配してようすを見にきた二人なのだった。

「敏暁も知ってたんだ？」

見上げると、敏暁は頷きながら芳尚と涼紀に弁当箱を持たせた。

「まだ少しかかるから、おまえたちは先にこれ食《く》っとけ。帰ったらすぐ風呂に入って寝るんだぞ」

職員総出の残業になったので、ちょこっと家に帰って子供たちの夕飯を作り、弁当箱に詰めてきたのである。

芳尚と涼紀は保育室の真ん中におままごとのシートを広げ、ピクニック気分でさっそく弁当を食べはじめた。

「あいつら、堂々としてるからな。園長と副園長も知ってる」

「そうだったのか……。あの二人、カラッとしてるから全然気がつかなかった」

「ちゃんとわきまえてるんだ。仕事に支障がなければ、うちは誰も咎《とが》めたりしない」

「寛容なんだな。そういうの、身近になかったからちょっと……かなり驚いた。あ、偏見《へんけん》はないよ。気持ち悪いとか思わないし」

「俺も、おかげでゲイに対する偏見や後ろめたさがなくなった」

敏暁は遠く馳《は》せるような瞳を揺らがせ、視線を隆巳に戻した。

「え……」

隆巳は、密《ひそ》かな声を漏らした。

記憶と、今の会話が頭の中でふわんふわんしながら回る。

後ろめたさがなくなった。ということは、つまり敏暁も……？

卒業式のキス以来、自分がゲイかもしれないと悩んで、でもよくわからなくて、恋愛もせずにきてしまった。

もしかしたら、敏暁もそうだったのだろうか。あのキスは、そういう意味のものだったのだろうか。

知りたい。訊きたい。

マジマジと見上げると、敏暁と目が合って思わず視線を逸らしてしまった。

自分の気持ちも見えてないのに、訊いてどうするのだろう。ただのおふざけだったと言われたら、どう感じるのか。もしゲイで恋愛感情があると言われたとしたら、なんと答えるのか。

その時の自分がわからない。

敏暁はひまわり組の教室に戻り、担当作業の続きにとりかかる。

まだ簡単な手伝いていどしか技能のない隆巳は、窓に歩み寄ってガラス越しに目を凝らした。

室内の灯りがほのかに届く園庭の花壇《かだん》。レンガブロックに座って月を眺めるカオルの姿が見えた。

くっついていく過程をリアルに見ていたと愛子が言っていたから、カオルの紹介で泰夫がひよこ保育園に入った時にはまだ先輩後輩の間柄だったはず。男同士で、どんなふうにいつから恋愛感情に変わっていったのか、気になってしまう。

そんなことを訊き出そうとは意識していなかったのだけれど、隆巳はフラリと園庭に出てカオルの横に立った。

「ども。ごめんね、驚いただろ」

カオルは抱えた膝に顎を乗せ、月を見上げたまま「座りなよ」と脇を示す。

隆巳はカオルの隣に腰を下ろし、一緒に夜空を仰いだ。

「正直言って、けっこう。それより、敏暁たちが二人の関係を受け入れてることのほうがびっくりでした」

取り繕《つくろ》う必要はないように感じて、正直な感想を述べてみる。

「あの、お母さんが病気だとか……」

「胃薬飲んどけばすぐ治るようなちゃちな病気。家に戻れって前からうるさく言われてたけど、今度は入院までして『死ぬ前に孫の顔が見たい』とかなんとか言って見合い話を持ってきた」

「わざわざ仮病《けびょう》を使って？」

「そうだよ。それでもきかないもんだから、親父のやつ、別れないと保育士の資格を剥奪《はくだつ》するって泰夫を脅《おど》しやがった」

「剥奪って、どうやって」

「たとえば。園児にいかがわしい行為をして逮捕、とか」

「まさか」

「やるわけない。そんなでっちあげ、世間にばれたら家名に傷がつくからね。泰夫はおとなしいから、脅して大金叩きつければ簡単に追い払えると思われてんだ」

「……カオル先生の実家って、お金持ち？」

「お大名様の家柄で、明治時代の創業から続く日本屈指の企業一族。親戚には政治家や官僚も多い」

カオルは唇のはしを歪《ゆが》め、皮肉をこめた口調で言い捨てる。

「俺は東雲《しののめ》本家の長男でさ、家を継がなきゃいけないって子供の頃から教育されてた。だから、低収入の保育士をやってるうえに男を好きなのが気に入らない。泰夫のことも、世間の汚物みたいにけなす」

「すごい。なんか、俺には想像つかない世界の子息なんですね」

「十八まではね。どうしても保育士になりたくて、家を出てバイトでどうにかこうにか学費を稼ぐ苦学生だったよ。今は木造一Ｋの安アパート暮らしだし」

「ああ、それで留年……」

「そ、収入が追いつかなくて一年間休学して猛烈に働いた。もうヨレヨレの栄養失調状態で、お人好しの泰夫が気の毒がってちょくちょく食《く》わせてくれたんだ。それでなんとかやってこれたけど」

料理が趣味の泰夫がカオルの健康を気遣い、味見と称しては栄養たっぷりの手料理を食べさせていたのだ。

たぶん、それが二人のはじまり。

カオルが泰夫に惹かれたのはその頃からではないかと推測できるが、泰夫はいつカオルを意識して、先輩後輩の情がいつ恋愛感情に変わっていったのだろう。

「カオル先生は、いつから男の人を?」

ついポロリと訊いてしまった。

「いつゲイに目覚めたかってこと?」

「すっ、すいません。好奇心とか、へんな意味じゃなく……っ」

「かまわないよ。気がついたら男が好きだったって感じかな。小学生の時はクラスにすごく気になる男の子がいて、中学になった頃には自覚してた」

「悩んだりしませんでした?」

「ウダウダ考えた時期もあったけど、好きなものは好きなんだからしかたないって、わりと早くに開き直った」

「泰夫先生とは、いつ……その……」

「俺が襲ったんだ」

「おそ……っ?」

「あいつが俺のこと好きなのは確信してた。けど、恋なのか好意なのかよくわからないとか煮えきらないことぬかすんで、一発やってみてうまくいったらおまえが身も心も俺に恋してる証拠だ、って言って押し倒してやった」

「大胆ですね。それで、うまくいって」

「当然。終わってから、『すいません。やっぱり恋だったみたいです』なんて真面目な顔して言いやがんの。間抜けな告白だろ？」

カオルは、懐かしそうにクスクス笑う。きれいな顔が、いっそう艶《つや》めいて見えた。

「男同士でそういうことできるのって、やっぱ恋愛感情があるからなんでしょうか」

「ゲイでもいろいろあるからね。プラトニックからはじまったり体からはじまったり、恋愛抜きのセックスオンリーな遊び人もいる。まあ、そのへん基本は男女と変わらないと思うけど」

「たとえば、親友にキスされて反応しちゃうのは、どうなんだろう……」

「隆巳先生、男のキスで勃っちゃったんだ」

「うっ、あ……いや……」

「自分がゲイかもしれないって、悩んでるの？」

「び……微妙なとこで」

たとえば、なんて口をついて出てしまったけど、経験豊富そうなカオルにはバレバレなのである。

「俺、口堅いよ。相談してみたら？」

「そ、そう……ですね。でも、なんて言ったらいいのかな。なにをどう相談したらいいのか、自分にもまだわかってないっていうか」

「認めちゃうまではそんなもんだよね。ウダウダゴチャゴチャしてさ。意識したのは、最近？」

「九年前に」

「親友だと思ってた男に突然キスされて感じちゃった、と」

「まあ、そんなカンジで……ちょっと……モヤモヤと」

いや、はっきりきっぱり感じてしまったのだ。

「その日以来、彼とは長いこと会ってなかったんだけど、女の子とつき合ってみる気になったのは一度きりで、だからといって他の男に目が向くわけでもなく」

「なるほど。その一度で涼紀くんが生まれたわけか」

「九年も音信不通にしてたのに、あいつ高校時代と変わらない頼もしさで俺を受け入れくれて、子育てなんかもずいぶんと助けてくれてる。以前の関係に戻れたのが嬉しくて、だからキスのことはもう考えないようにしようと……決めたのに」

隆巳は悩ましい思考に埋没して、口からこぼれるに任せて一気に吐き出す。

「先日、風呂でちょっとあって、ドキドキがぶり返して……、ていうか、ひどくなったみたいで。でも、よく聞く恋のドキドキとは違うと思うんですよ。あいつのそばは居心地がよくてすごく安心できるから、いつまでも、トシとってもずっと一緒にいたいと思う。こういう気持ち、なんていうんでしょうね」

「相手は、敏暁先生？」

「えっ？　どうしてわかるんですか」

思わず身を引いて、耳たぶが熱くなってしまう。

「話の流れでなんとなく」

「あ……、ああ」

ぼかして話してるつもりだったのに、あられもなく暴露していたのだった。

「隆巳先生の場合、恋愛感情を自覚する前に一足飛びに家族愛までぶっ飛んじゃったんじゃないのかな」

「家族愛？」

「お互い子持ちだし、四人家族状態で暮らしてるでしょ。恋を育てるより先に、熟成した夫婦愛みたいなのがきちゃったのかも」

「じ、熟成した夫婦愛」

恋愛、家族愛、夫婦愛（熟成）。それらの違いと、自分がどこの愛にいるのかを考えてみたけれど——。

「それって、アリなんですかね」

「アリですよ。繁殖本能に左右される異性愛と違って、そこが男同士の恋愛の機微《きび》」

わかるようなわからないような。でも、家族愛という言葉が一番しっくりくるような気もする。

「ポジティブなカオル先生が羨ましいです」

「俺は、もう悟《さと》りを開いちゃってるから。男が男を好きでなにが悪い、ってね。性別にこだわってると事の本質を見失って、あとで後悔する。隆巳先生も、ゲイかどうかの疑惑は置いといて、敏暁先生のこと一歩踏み込んでみれば視界が開けるかもしれないよ」

ああ、そうか——。隆巳は、九年間の後悔を思い出した。

しかし、一歩とはどういう意味の一歩だろう。夫婦愛をさらに熟成させるのか、それとも恋を自覚して新たな一歩を踏み出すのか。

どっちにしても、自分だけが認めたところで肝心《かんじん》の敏暁の気持ちがわからない。キスの意味も、風呂場の突発的なアレも、敏暁が何を考えてやらかしてくれたのか、全くもって謎なのだから。

考えると、やっぱり頭の中がごちゃごちゃ回る。

「さあ、そろそろ仕事に戻るかな。さっさと終わらせて、今夜は泰夫んち泊ってとことん話し合ってやる」

「平和に解決するといいですね」

「うん。なんだかんだ煮えきらなくても、あいつの気持ちは決まってるから大丈夫。問題は、うちのうざったい親の妨害をどうやりすごすか。そのうち札束持って、泰夫を解雇しろなんて園に乗り込んでくるかもしれないし」

カオルは立ち上がり、気合をこめてお尻の汚れをパンとはたく。

ケンカしたり、言いたいことを思いきり言い合ったり、親の妨害にも負けず、寄り添ってお互いの気持ちを育てていく。信頼と愛情で結ばれた二人。羨ましいほどまっすぐな恋人同士だ。

どんな視界が開けるのかわからないけど、カオルと話せて収穫はあったと思う。

少なくともポジティブ思考に触発されて、自分のゲイ疑惑なんか悩むほど深刻な問題じゃないと思えてきた隆巳である。

連れだって保育室に戻ると。

「隆巳。先に子供たち連れて帰って、風呂に入れてくれ」

大事な仕事を与えられた。

朝からひよこ保育園は警戒体制だ。

門の前に職員が交代で立って園児を迎え、晴天だというのにカーテンは閉めたまま。しばらく子供たちを園庭に出すのも見合わせる予定である。

それというのも、ここ数日の間に園内を覗き見る不審者がいるという保護者からの訴えが続発しているせいだ。

写真を撮っている男を見かけたという近隣住民からの報告まであって、変質者が子供を物色しているんじゃないかと保護者たちは戦々恐々《せんせんきょうきょう》。

事件が起きる前に対策を、ということで警察に通報して、アドバイスをもとに防犯に尽くしているわけなのだ。

が、その日の夜——。

残業組のお迎えもそろそろ終わろうかという七時ちょっと前。一人のお母さんが、隆巳と敏暁に週刊誌を見せながら小声で言った。

「最近出没してる不審者って、これなんじゃないかしら。今日発売の雑誌なんですけど」

「えっっ」

教えられた記事を見て、隆巳は愕然とした。一瞬、驚きすぎて言葉を失った。

敏暁も唖然とした面持ちで、誌面に目を走らせる。

そこには華々しい姿の美奈の写真と、いかにもショッキングな煽《あお》り文字で『人気上昇中のミィナに隠し子！　なんと、未婚の母だった！』という見出し。しかも、A夫、Bくんという仮名で隆巳と涼紀のボカしを入れた写真が載っていて、さらにあろうことか、隆巳と敏暁が連れ子同士の男夫婦なのではないかと、下世話な憶測といかにもな証言まで書かれている。

そばにいたもう一人のお母さんが、ひょいと覗き込んで「まあっ」と目を丸くした。

「涼紀くん、ミィナのお子さんだったんですか。どうりで、美少年なはずだわ」

「いや、こ、この記事は」

「全面的に信じないほうがいいですね。こういうスキャンダル誌は、噂レベルに勝手な憶測をつけてさも事実のように面白おかしく書きたてますから」

「あ……そうでしょうね。ほほほ」

ちょっときまり悪そうに笑うお母さんに、敏暁は冷静に続ける。

「不審者の正体がこの週刊誌の記者だとはまだ確定できないし、本当に変質者がいるのかもしれない。なににしても、しばらくは物騒《ぶっそう》ですから騒がずに終息を待ってください」

「わかりました。子供の安全が第一ですものね」

「ええ。記者に突撃インタビューとかされても、黙って無視します」

「私たち、敏暁先生と隆巳先生の味方です。応援してますから」

若いお母さんたちが目を輝かせる。

「え……、はあ。どうも」

隆巳は、思わず指でコメカミを揉んでお礼を言った。

記事の、男夫婦のくだりのところを言っているらしい。夫婦じゃなく、父子同士で協力して暮らす変則家族なのだが、ここはへんに申し開きしても盛り上がらせてしまうだけだろう。よけいなことは言わず、さりげなく流しておいたほうが無難なのである。

「せんせー、さよーならー」

「さようなら。また明日な」

「どうも～、今日もありがとうございましたぁ」

「お疲れさまでした。気をつけて帰ってくださいね。さようなら」

敏暁と一緒に玄関で最後の園児を見送ると、業務終了でホッとひと息。したところが、派手な女がコソコソと入ってきて、振り返った隆巳はマジマジ見てしまった。

細身のパンツスーツにピンヒールのサンダル。ピンキッシュブラウンに染めたウェービーヘア。ハリウッド女優がかぶるようなツバの広い帽子に、夜だというのに顔半分を隠す大きなサングラスをかけている。

「美奈？」

有名人だとバレない格好をしているつもりなのだろうが、一般人のセンスからかけ離れた服装はかえって悪目立ち《わるめだ》。人気上昇中のモデルでタレントの、ミィナだ。

「なにしにきたんだ、こんな時に」

引っ越し先はいちおう教えておいたけれど、涼紀に会いにくるどころか電話さえ一度もよこしたことがないのである。

「もう知ってるみたいね」

美奈はサンダルを脱ぐと、敏暁に挨拶もなく勝手に来客用スリッパを履いてズカズカ保育室に入っていく。

「涼紀ちゃん。あらやだ、なによこの汚い服」

サングラスを外して涼紀を見るなり、Tシャツをスポーンと脱がせ、紙袋から出したセーラーカラーのシャツを着せた。

敏暁が、後ろでそれを眺めながら首を傾げた。

「わざわざ着せ替えしにきたのか？」

「さあ……、隠し子の記事のことできたんじゃないかと思うけど」

「ほら、よく似合うわ。ハーフパンツとセットで色違いを三枚買ったのよ。涼紀ちゃんにぴったり」

涼紀は困った顔ではにかむけれど、美奈はおかまいなしに服を出しては涼紀の肩にあてて満足そうに頷く。

「涼紀ちゃんは可愛いから、どんな色もいけるわね」

赤いラインに赤いネクタイ。黄色いラインに黄色いネクタイ。緑のラインに緑の……セーラー服ばかりで、色を合わせたセーラー帽も三つ。

敏暁は口の横に片手を立て、隆巳に顔を寄せて言った。

「頭が弱そうなのは演技かと思ってたが、素《す》だったんだな」

「聞こえてるわよ。今はアタシみたいな天然美人がウケる時代なの」

振り返った美奈は、子供服を戻した紙袋を隆巳に押しつけて渡す。

「せっかく可愛く生まれたんだから、服装には気を遣ってやってよね」

「動きやすくて清潔な服を着せてる。涼紀は着せ替え人形じゃないんだ。親権を捨てた君に言われたくないな」

隆巳は受け取りながらも、ムッとして言い返す。

「い、いやな言いかたね。捨てたわけじゃないわ。養育費だって毎月ちゃんと振り込んでるでしょ。今は足りないかもしれないけど、もっと稼いで、近いうち十万でも二十万でも渡せるようになるわよ」

「そんな問題じゃないだろ。子供に必要なのは、金や服より母親の愛情と温かい家庭なんだ。と言っても、今さら涼紀は返さないけど」

片づけを終えた先生たちが、そそくさと帰りじたくをはじめる。北村が気遣って、涼紀と芳尚を隣のさくら組教室に連れていってくれた。

「で、今まで一度も連絡してこなかったのに、いきなりきた用件はなに？　週刊誌の記事のことなんじゃないの？」

「そうよ、それ」

美奈は眉をつり上げ、バッグから週刊誌を引っ張り出して隆巳に叩きつけた。

「あんたがリークしたんでしょう」

「はあ？　俺がそんなことしてなんの得があるんだ」

「だって、アタシに子供がいるのを知ってる他人はあんただけよ。他に漏れるとこはないはずよ」

「涼紀を預けてた先の誰かが漏らしたんだろ」

「ありえない。死んだ知人の子供ってことにして頼んでたもの。両親だって、未婚でろくでもない男の子供を生んでみっともないって怒って、孫ができたことは秘密にしてるし」

聞いた瞬間、あきれ返ってしまった。

妊娠に気づくのが遅れてしかたなく生んだのは承知していたけど、本人の口から臆面もなく聞かされるとやりきれない憤《いきどお》りが湧く。涼紀の誕生を喜んでくれた人間は一人もいない。母親から祖父母に至るまで、血を分けた家族は最初から自分たちの手で育てる意思も、愛情さえ、微塵《みじん》もないのだということをひしひしと感じさせられる。

隣に立つ敏暁の中で怒りが揺らいでいるのが、わかった。

でも今は、涼紀に我が子としての愛情を持ちはじめている隆巳のほうが怒りは大きいだろう。

「君の隠し子をリークしたところで、俺にはなんの利もない。それどころか、あることないこと書かれてとんだとばっちりだよ。血の繋がらない涼紀を引き取って、やっと親子らしくなれて平和に暮らしてたのに、こっちのほうがいい迷惑だ」

憤るに任せて口が動き、伏せていた事実を暴露してしまう。

「父親がどんなろくでもない男か知らないけど、あの子はもう俺の子供だから。くだらないスキャンダルを持ち込んで、涼紀の居場所を壊さないでくれ」

敏暁の怒りがストンと消えて、驚愕に変わった。

「血の繋がらない？　だと？」

「な、なに言ってるの。あんたの子よ」

「それこそ、ありえない。泥酔して寝ちゃったなんて嘘だから。あの夜のことはしっかり覚えてるんだ」

「ちょ、待て。夜って」

「だって、あんた。自分が父親だって、み、認めて涼紀を引き取ったじゃないの」

「認めてはいなかったはずだよ。あの時は涼紀がかわいそうで、あの子の前で父親じゃないなんて言えなくなっただけ」

「いいかげんなこと言わないで」

「一度きりでしかも失敗して、俺の子ができるわけないだろ」

「一度きりで、失敗？　この女とやってないってことか？」

「そう。情けないけどできなかった」

「し……失敗って、失敗って……」

美奈は頭を抱えて地団駄《じだんだ》を踏む。あの夜と、涼紀を押しつけた時のことを思い出して悔しがっているようだ。

「なんで、できなかったわけ？」

　キリキリと奥歯を噛む。

「やる気になれなくて」

　サラッと発した隆巳の言葉に美奈は大口を開け、隆巳の横で敏暁が「フフン」と微笑う。

「そうか、よくやった。いや、よくやらなかった」

「なによっ、アタシのどこが気に入らなかったたっての」

「悪いけど、最初からあまり惹かれるものがなかったんだ」

「なんですってぇ？　ふざけてるわっ。このモテモテのアタシに惹かれないなんて」

「涼紀の預け先がなくなって、困って苦し紛《まぎ》れに俺を思いだしたんだろうってのはわかってる。べつに父親ってことにしといてもいいかなって流れで、なんとなく黙って引き取っちゃったけど。今はそれでよかったと思うよ」

「そういや、あんたホモだったのよね。だからアタシの魅力がわからないんだわ」

「勝手にホモ判定しないでくれ」

「隆巳じゃなくても、頭の弱い女の魅力なんか理解できないぜ」

「うきーっ」

三人三様に記事から主旨《しゅし》が逸《そ》れて、なんだか収拾のつかない方向に話が転がっていきそうな気配。

「あのぉ、取り込み中すいません。俺たち、帰るんで」

帰りじたくを終えたカオルたちが、玄関口の廊下から顔を出して言う。

その後ろでバタバタと足音が響いたかと思うや、先生たちを押し退けて一人の女が駆け込んできた。

ショートヘアにトレーナー、かなり酷使《こくし》していると思われるヨレヨレのジーンズ。美奈とは対照的に洒落《しゃれ》っ気《け》のないいでたちだ。

「佳苗《かなえ》？」

「誰？」

思わず隆巳が訊ねると、敏暁は面倒くさそうに眉間を寄せる。

「モトツマ」

「敏暁！　この記事は本当なの？」

佳苗は駆け寄るなり、週刊誌を敏暁に突き出した。

「なにしにきた。まだ芳尚の誕生日でもクリスマスでもないぞ」

多忙な母は、年に二回しか息子に会いにこないらしい。敏暁が嫌味まじりに言うが、彼女もまた自己主張優先で記事の小さいほうの写真を指差し、隆巳と見比べた。

「あなたが、このＡ夫？　それで、これはどこまで事実なの」

「……鈴木です」

「下世話な尾ひれがついてるが、だいたい大筋《おおすじ》のところは」

「ちょっと！　隠し子は違うわよ。死んだ知人の子供なんだから」

美奈が、横から抗議の声を上げる。この期《ご》に及んでまだ言うか、と隆巳は呆れ顔の横目で美奈を見やった。

「あなた、誰」

佳苗は、訝《いぶか》しげに美奈の足元から顔までを見返して、目を見開いた。

「って……ミィナ？」

「はっ」

美奈はクルリと佳苗に背を向け、急いでサングラスをかけた。――今さらである。

佳苗はチッと舌打ちして爪を噛んだ。

「そうか。スクープの身近にいたってのに、スッパ抜かれるなんて悔しいわ」

「こんなとこで記者根性を出すな」

「なに、あんた記者なの？　どこよ」

美奈は吃驚《びっくり》して再びサングラスを外した。

「CBA出版のワンデーショットでございます。ぜひとも、観念して我が社の独占インタビューにお答えいただきたいものだわ。ミィナさん」

「ああ、何年か前にグラビアを飾ったことがある。悪いけど、このスッパ抜きは嘘ばかりなの。独占してもらってもなにも出ませんことよ」

佳苗が挑発的な笑みで名刺を手渡すと、美奈は高飛車《たかびしゃ》に受けてたつ。

睨み合い、ぶつかり合う視線から、パシパシと火花が散った。

「おまえら、わざわざ仕事の取りつけにきたのか」

「あ、そうだった。この『男夫婦』てのを確かめにきたのよ。本当だとしたら、とんでもないわ」

「なにがとんでもないんだ」

「父親の再婚相手が男だなんて、芳尚のためにならないでしょ。ミィナのおかげでこんな大々的に晒《さら》されちゃって」

「そこはアタシのせいじゃないわよ」

「ややこしくなるから君は口を出さないで」

横から口を挟んだ美奈を諌《いさ》めた隆巳だったが。

「この記事が事実なら、芳尚を返してもらうわ。血の繋がらないあの子の父親になってくれたのは感謝してるけど、そうなったら話は別」

「えっっ！」

思わず声を上げてしまった。

聞き間違いかと思ったけど、確かに『血の繋がらない』と言った。つまり佳苗と芳尚の血が繋がっていないということだろうかと、あえて考えてみる。ブーッ、と頭の中で不正解のブザーが鳴った。じゃあ、血が繋がっていないのは敏暁と芳尚。やっぱりどう考えてもこっちが正解。

「芳尚くんと血が繋がってないだって？　実の親子じゃないってことか？　そんなのひと言も聞いてないぞ！」

「父親欄は俺の名前で出生届けを出した。だから実の息子だ」

「じゃあ、佳苗さんが浮気してできた子」

「失礼ね、浮気とは事情が違うのよっ」

「隆巳こそ、なんで黙ってた。おかげでノンケだとばかり思って、手が出しづらかったじゃないか」

「美奈とできなかった理由なんて言えな……えっ？　え？」

「とにかく、芳尚を連れて帰る」

「今さら許さん。だいたい、仕事漬けで子供の面倒なんて見れないだろう、おまえ」

「手？　ってなんだよ？」

隆巳は混乱する頭で敏暁を振り仰ぐ。

「来年は小学校なんだから、どうにでもなるわ。ここにいるよりマシよ」

「アタシも、涼紀ちゃんを連れて帰らせてもらう」

「み、美奈？　なに言い出してんだ」

突然の美奈の乱入で、隆巳はぐりんと顔を振り向けた。

「この女とできなかった理由が俺に関係あるのか、隆巳」

また目を敏暁に戻す。

「だから、それは」

「A夫が妻なんて不自然よ。芳尚に、この男がお母さんだよなんて言うつもり？　今は小さいからいいけど、いつかおかしいことに気づく。思春期になったら絶対悩むわ」

今度は佳苗。

「隆巳が妻とか、くだらない。俺たちは、母親のいない穴を二人で埋めながら子供たちを育ててるんだ。男夫婦なんて低俗な言いかたをするな」

「信用してたのに、週刊誌に売るなんて最低。この先も涼紀ちゃんを利用してなにされるかわかったもんじゃないったら」

「リークしたのは俺じゃないって言っただろ」

間断《かんだん》なくあっちとこっちで、誰と誰が話しているのか、もうどこを見たらいいんだか。

「あなたたちがどんな関係だろうと、私は偏見がないから気にしない。だけど、世間的に見ればおかしいことよ。家族観や恋愛観が偏《かたよ》らないように、私が引き取ってきちんと教育していくわ」

「アタシのタレント生命が消えたらどうしてくれんのよ。隠し子の父親が今はホモ夫婦やってるなんて、世間が面白がって飛びつく最悪のネタまで提供してくれちゃって」

元夫婦が言い争い、隆巳と美奈の関係はなんと言うのか不明だがとにかく言い争い、あだこうだと主張が飛び交ってもはやカオス。

「あーっ、うるさい！　佳苗も美奈も黙れ！」

敏暁がキレた。

「おまえら、子供の就寝時間もろくに知らないんだろう。俺たちは忙しい。いつまでもわめかれてちゃ迷惑だ。帰れ」

敏暁は、佳苗と美奈を押しやり、玄関口へと力づくで追い出していく。

「ちょっと、待ってよ。大事な話をしてるのよ」

「まず子育てのスキルを磨いて出直せ。話はそれからだ」

「痛いったら。もう乱暴ね。あんた、責任とってよね」

「自業自得だろ」

二人がかりで外に放り出すと、彼女たちの鼻先でバタンとガラス扉を閉め、ガチャリと鍵をかけてカーテンを引く。

しばらくガラスを叩いていた佳苗と美奈だったが、あきらめたのかやがて静かになって、ドアから気配が離れた。

カーテンの隙間からそっと覗いて見ると、肩を並べて喋り合う二人の姿が、門の向こうに消えていくところだった。

「は〜、びっくりした。なにがどういう話だったんだか、さっぱり」

隆巳はドアに寄りかかって息をつく。

「勝手なことほざいて疲れさせてくれるぜ、ったく」

敏暁も、やれやれと額に手をあててハァと息を吐き出す。

「俺たち、ちゃんと話し合う必要がありそうだね」

「ああ、山ほどな。だがそれは後回しだ。とりあえず、芳尚とすずにメシ食わせて風呂に入れないと」

どんなに遅くなっても九時前には寝かせるようにしているのだが、すったもんだしてすでに八時。下ごしらえは昼寝の時間にちょこっと帰って準備してあるから、夕飯ができるまでそんなにはかからない。にしても、これから食べさせて風呂に入れるのでは、寝かせる頃には九時をたっぷり回ってしまう。一時間近くものロスだ。

「芳尚、すず。帰るぞー」

「あれ、いない？」

子供たちを呼びに急いだ隆巳と敏暁は、首を傾げながら顔を見合わせた。

美奈が乗り込んできた際に、北村が気を利かせてさくら組教室に移動させてくれたはずだった。それが、呼んでも出てこない。教室のどこにも二人の姿がないのだ。

「すずー、芳尚くーん。帰るよー」

「どこにいるんだ。出てこーい」

全部の教室を覗いて呼んでみたけど、返事がない。

トイレから調理室までくまなく探してみても、物音どころか気配さえなくて、そんなばかなと慌ててしまった。

大人たちの言い争いに怯《おび》えてどこかに隠れているのだろうか。恐怖が去らずにまだ出てこられないのだろうか。

「お母さんたち帰ったよ。出ておいでー」

どこにともなく呼び声を張り上げて、耳を澄ませてみる。

なにも、コトリとも聞こえてこない。

さくら組の教室に戻って、念のためグルリと見て回って、ホワイトボードに子供の文字が書かれているのに気がついた。

駆け寄ってよく見ると、それはまさしく芳尚の文字。

ボードの下のほうの角に『かけおちします』と書いてある。

「かけおち?」

隆巳と敏暁は、揃って声を上げてしまった。

「か、かけおちって……駆け落ち?」

わかりきったことを訊いてしまう。夜だというのに、子供二人だけで外に出てしまったのだ。スウと血の気が引いて、茫然とする自分の顔が青ざめていくのを感じた。

「家に帰って隠れてるのかもしれない」

敏暁の言葉でハッと気を取り直し、バタバタと探しに走る。しかし、もしやと期待したけれど家に灯《あか》りはついておらず、無人の室内はどこも真っ暗だ。

「あの子たち、鍵を持ってないから家に入れないよね」

「そうだった」

一見冷静そうに見える敏暁だが、そこに気がつかなかったのはかなり動揺している証拠だろう。

家の鍵は敏暁と隆巳が持っていて、仕事中は事務室のナンバーキー式ロッカーに保管してある。子供たちだけで家に入れるはずがないのだ。

外に飛び出すと、携帯で連絡を取り合いながら手分けして周囲を探すことにした。

「すずーっ！　芳尚くーん！」

公園から野良猫の昼寝エリア、庭で犬を飼っている家まで、普段歩くコースで二人が足をとめる地点を中心に呼び回る。

気心の知れたご近所さんにも聞いてみたけど、子供たちを見かけた人はなく、かえって心配させただけだった。

夜のことであたりは暗く、見通しが悪い。

あきらめて保育園に戻ると、敏暁が息を切らしながら言った。

「そんな遠くには行ってないと思うんだが」

「時間も時間だし、警察に届けたほうが……」

喋りながらも、お互い周囲に視線を巡らす。

「そうだな。念のためにもう一度、園内を探してからにしよう」

連れだって玄関に入り、まず下駄箱を覗いてみた。まさかそんなとこに隠れてると思ったわけじゃない。外履きがあるか確認していなかったのを思い出したのだ。

「靴がある」

「やっぱり園の外には出てないんだ」

頷き合うと慌しく玄関を駆け上がり、トイレのドアの陰やらカーテンの陰やら、すでに探し尽くした室内を隅々まで念入りに見て回る。

「隆巳、こっちだ」

さくら組の教室を見ていた敏暁が大声で呼んだ。

隣の教室を探していた隆巳が急いで駆けつけると、敏暁はカーテンを開いて窓の前に立っていた。

「ここの鍵がかかってない」

窓の鍵は戸締まりと火の元のチェック事項に入っていて、各教室の担任が確実にかけてから シートに印を入れて帰る。それが開いているということは、芳尚と涼紀はこの窓から上履きのまま園庭に下りたということだ。

　ガーデンライトを点灯して、二人で庭に出る。

「子供二人がいそうな場所って」

　小さな公園ていどの敷地にあるものは、花壇と、砂場、ブランコ、鉄棒と、ジャングルジムと……。

「築山《つきやま》か」

　大人の背丈ていどの高さで、滑《すべ》り台のついた半球型の築山。

　いなかったらどうしようかと半ばビクビクしたけれど、丸い窓から中を覗いて隆巳はへニャリとしゃがみ込んだ。

　胸を撫で下ろしながら敏暁と視線を重ね、安堵の微笑みを交わす。

　芳尚と涼紀は、狭い空洞の中で仲良く手を繋いで寝息をたてていた。

「こら、芳尚、すず。起きろ」

「そんな湿気っぽい地面に寝転がってたら風邪ひくよ」

　声をかけると、芳尚と涼紀は目を擦りながらモゾモゾ起き上がる。つぶらな瞳を見開くなり、二人してガバッと抱き合った。

「かあさんは？」

　キョロキョロあたりを見回して、恐る恐る訊ねる。

「もうとっくに帰ったよ」

教えてやると、「よかった」と言ってさらにきつく抱き合う。

しかし、まだなにか不審感があるのか、出てこいと言って手を差し出しても、頑《かたく》なに首を横に振って奥に引っ込んでしまう。危険を回避しようと身を縮めるヤドカリみたいだ。

まずは理由を聞いて、不安を取り除いてからでないと動かすことはできない。

「すずと芳尚くんはどうして駆け落ちしようと思ったんだい？」

強引に引っ張り出すのはやめて、優しく訊ねてみた。

「オレら、しんゆうだもん」

「うん、そうだね。わかってるよ」

「で、なぜ駆け落ちだ？　おまえたち、駆け落ちの意味を知ってて隠れたのか？」

芳尚と涼紀は、不安がぶり返したかのようにギュウギュウ抱き合ってほっぺたをくっつけ合う。

「すずとはなれたくないから。かけおちって、ワルモノにひきはなされそうになって、なかよしがいっしょにかくれることだろ」

「すずは、よしなおくんとひきはなれたくないです」

「だからかけおちしたんだ」

しまった。

慣れない言葉を駆使して一生懸命に訴える。けな気《げ》で幼い二人の友情に、ホロリとして

「あ……、そうか」

芳尚と涼紀が『駆け落ち』という単語を覚えたのは、ほんの最近のことだ。

泰夫との痴話喧嘩《ちわげんか》で「俺を連れて逃げるくらいしろっ。駆け落ちするくらいの気概《きがい》を持て」とカオルが放った鮮烈な言葉。

芳尚に、かけおちってなんだ？　と訊かれて、「仲良し同士を引き離そうとする悪者から逃げて、二人で隠れること」だと、あやふやながら答えてやった。

大人たちの言い争いの意味は、ほとんど理解できていないだろう。でも母親のもとに返されたら離れ離れになってしまうという危惧だけは感じた。だから『駆け落ち』を思い出した二人は、手に手を取って喧騒《けんそう》の場から避難したのだ。

幼いなりの解釈で、ひたむきに友情を守ろうとしている芳尚と涼紀だ。ここは、心の伝わるはっきりした言葉で安心させてやらないといけない。

「おまえたちの気持ちは、わかる。父さんと隆巳も親友だ。絶対に離れたくない」

敏暁は、隆巳の肩に手をかけて子供たちに語りかける。隆巳も深く頷いて見せて、敏暁に寄り添った。

「芳尚とすず、父さんと隆巳。俺たちは親友同士の四人家族だろ」

「そうだよ。なにがあっても離れない。四人で仲よく、ずっとこの家で暮らすんだから」

「オレを、かあさんにかえさない？」

「ああ、返すもんか」

「ほんとか？　すずも、かえさない？」

「返さない。絶対」

「二人とも。誰が取り返しにきたって渡さない。父さんと隆巳が守る」

「ほんと？　すずは、よしなおくんとおとうさんと、としあきせんせいといっしょにいたいです。ひきはならるのは、やだ」

「お父さんも、嫌だ。お母さんがなにを言ったって、すずを渡さない。もう、よその家にも預けさせない。敏暁と芳尚くんのいるこの家が、すずとお父さんの居場所だからね」

「ほんとに、ひきはならない？」

引き離すの活用が崩壊していて、それでも一生懸命な幼心に胸がキュンとしてしまう。

「本当だとも。どんな悪者がきたって、引き離さないよ」

「おまえたちは、父さんと隆巳が育ててやる。ひよこ保育園を卒園して、坂の上の小学校に入学して、卒業して。それから中学も、高校も。芳尚とすずは、この家で一緒に大人になっていくんだ」

「やくそくする?」

芳尚と涼紀は、声を合わせて身を乗り出した。

「約束するよ」

「絶対に破ったりしない。げんまん」

そう言って、敏暁と隆巳は小さな窓越しに小指を立てて見せる。四人で順々に指きりげんまんをすると、二人の顔にやっと安堵と納得の色が表れた。

「さ、安心したなら出ておいで」

迎えの手を伸ばすと、芳尚と頷き合った涼紀が先に築山から出てくる。

「地面で寝てたから、頭に土がついちゃってる。お風呂でよ〜く洗わないとね」

髪の汚れを払ってやると、涼紀は小さな手で隆巳の首におずおずと抱きついてきた。僅かな驚きと、いっぱいの嬉しさで隆巳は目頭《めがしら》が熱くなった。涼紀のほうから体を寄せてくれたのは初めてだ。

抱き返して頭を何度も撫でてやると、言いようのない愛《いと》しさが募った。

「おまえも出てこい」

敏暁が両腕を広げると、芳尚は駆け出してきてぴょんと飛びつく。こちらは、スキンシップに慣れた愛情の固い父子である。

「急いで帰って、夕飯と風呂だぞ」

言って高く抱き上げてからストンと下ろす。

芳尚と涼紀は、「よかったねぇ」と晴れやかに肩を組んだ。


「あ〜、肝《きも》が冷えた。神経消耗する夜だったな」

敏暁は、隆巳の部屋で胡坐《あぐら》をかいて座り、脱力して天井を仰いだ。

隆巳も隣に足を投げ出して座り、壁に寄りかかってハアとくつろいだ。

「敏暁でも消耗する神経があるんだ」

「こう見えても繊細なんだよ、俺は」

開け放した襖《ふすま》の向こうでは、芳尚と涼紀がひとつの布団に枕を並べ、電池切れのおもちゃみたいにぐっすり眠りについている。

家に帰って夕飯を食べて、四人で慌しく風呂に入り、自分の体もそこそこに子供たちを洗ってやって二階に上がった。芳尚が涼紀と一緒に寝たいと言ってきかないので、こうして涼紀の布団で二人一緒に寝かしつけたのだ。

「それにしても、……駆け落ちって」

隆巳はプッと吹き出して、肩をクスクス揺らす。

「ホワイトボードの書き置きを見た時は、さすがに白くなったがな」

敏暁も、漏れる笑いを口の中にこもらせた。

「家出じゃなく、駆け落ちってところが、なんとも……」

子供たちが無事だった今だから笑えるのだけれど、思い出すとじわじわくるおかしさがある。

「もうさ、可愛くてどうしようってカンジだったよ」

「いろいろやらかしてくれるが、ベストワンを争うおかしさだな」

「子供って、ほんと面白い。なにやらかしても、ひとつひとつが嬉しい成長記録だね」

「ああ。怖いものなしになんでも吸収するから、いろんな意味で目が離せないな」

「実を言うと……ここに来るまですずを引き取ったこと後悔してたんだ。遠慮ばかりして懐《なつ》いてるんだか懐いてないんだかよくわからないし、おとなしいわりに手がかかって職もなくしちゃうし」

「血の繋がらない他人の子だし？」

「そう。すずは俺の子じゃない」

「なぜ隠してた？　さっき言ってた、あの女とできなかった理由ってのは？」

「それは……」

隆巳は、メガネを外して脇に置いた。視界にボカシがかかると、自分の気持ちが見えてくるような気がした。

「俺、女の子とまともにつき合ったことがなくてさ、酔った勢いでホテルに行ったけどダメだった。それというのも、敏暁のキスが忘れられなかったから」

「卒業式のあとの、アレか」

「高校の頃から敏暁と遊ぶほうが楽しくて、女の子に興味がなかっただろ。大学に行ってからも、あのキスのせいでますます目が向かなくて……。すごく……気持ちよかったんだよ。想像してた女の子との初キスとかと違ってて、体が……反応しちゃったんだ。敏暁のキスだからよかったのか相手が男なら誰でも感じるのか、自分で判断できなくて、俺はゲイかもしれないって、ずっと悩んでた」

敏暁は、耳を傾けながら隆巳に身を寄せる。

「どうして敏暁がキスしたのか、どうしようもなく気になった……。あのキスの意味が知りたかった。自分が敏暁を好きなのかもよくわからなくてジレンマだったし、敏暁はゲイなんだろうかとか、一人で悶々《もんもん》とし続けてた」

「ゴチャゴチャと複雑だな」

「複雑な心境だったんだよ。そのせいで、デキ婚して子供が生まれたって聞いた時……シヨックだった。こんだけ俺を悩ませといておまえは簡単に結婚かよ、って感じ」

隆巳は、ちょっと自嘲気味《じちょうぎみ》に微笑って告白を続ける。

「それで、俺も女と……その……やれるのかなって思って、試してみたんだ。でも、全然だった。キスはよくないし、体もなんかこう……壺の曲線でも触ってるみたいな無感動な感覚で」

「おまえ、試したのが女でよかったな。男とやれるかなんて方向にいって、相手がおかしなやつだったりしたら寝たふりじゃすまない。聞いてるだけで冷や汗が出るぜ」

「あ……そっか。それ、怖いわ」

自分がゲイか試してみるために男とインしてみようとは、考えもしなかった。けど、もし思考がそっちに向いていたら、やっぱりできませんと言ったところで、怒らせて犯されるという悲惨な結果になっていたかもしれない。確かに、冷や汗ものだ。

「おまえは、ほんと昔から危なっかしい」

敏暁は、隆巳の無事な体を確かめるようにして肩を抱き寄せた。

「でも、あの時キスしといてよかったみたいだな。おかげで、おまえは離れてた間も俺を忘れなかった」

「そうだよ、九年も悩まされた。あれは……やっぱり、そういう意味だったのか？」

「当たり前だろ。でなきゃ、男にキスなんかしない」

「いつから、そんなふうに？」

「高校で同じクラスになって、わりと早い段階で好きになってたと思うが、自覚はしてなかった。卒業式のあと、明日からもうこんなふうに会えないんだと思ったら突然ムラムラして、ああ好きなんだと気がついたと同時にキスしてた」

「考えなしの突発行動かよ」

言う隆巳の胸に、満足にも似た甘い感情が広がった。

たぶん、九年前からずっとこの言葉が聞きたかったのだと思う。一歩も二歩も踏み込んで、視界が大きく開けた。ウダウダした悩みの大本《おおもと》は、敏暁にどう思われているのかということだったのだ。

わかってしまえば、なんと簡単なことなのだろうか。

「当時は俺もまだ子供だったんだよ。おまえに拒否されたもんで、フォローできないくらいうろたえた。あとで言い訳を考えたんだが、電話もメールも無視されて、これ以上嫌われる前にあきらめようと思いきった」

「嫌ってないよ。拒否もしてない。電話もメールも、返事ができなくて……ずっと後悔してた。あの時、変態なんてひどいこと言ったのは、敏暁にじゃないんだ。キスに反応した自分に驚いただけで、つい。それに……あのあと思い出して、一人でしちゃったりしてたし……」

最後のほうは言いづらくて、頬が赤らんで口がごにょごにょしてしまう。

「隠さず言えばよかったのに」

「言えるわけないだろ。そんな恥ずかしい事情」

「最初から知ってれば、もっと早くに口説いてた。ノンケだと思ってなにもできないでい
たのは、けっこう辛《つら》いものがあったぞ」

「ふ、風呂場でやったじゃないか」

「あれは、おまえのが元気になってたから。最初はオカズ用に少し触らせてもらうだけの
つもりだったんだが、修学旅行のノリならもうちょっとやっても大丈夫かなと」

「あ……う。まあ、てか……いたね、そんなやつら」

敏暁の秘密のオカズは、隆巳だったのである。

修学旅行の最終日の夜中、確かにそんなこともあった。みんなでこっそり焼酎を飲んで

盛り上がって、ポルノ雑誌を前にゴソゴソはじめた酔っ払い連中を、敏暁と二人で笑って見ていたのだった。

「俺も大学時代はけっこう悩んだ。隆巳ほど複雑じゃないがな。俺は変態なのかって」

「ごめん」

「おまえが子連れで現れた時はちょっとばかり動揺したが、やっぱり俺はこいつが好きなんだってつくづく再認識したよ」

隆巳のコメカミに、敏暁のキスがそっと触れる。

唇の感触にも、そういう意味で触れられていることにも、やはり嫌悪や抵抗感がない。ぬくもりが心地よくて、自分も敏暁が好きなのだとふわりと実感した。

「だから、美奈と復縁しないと聞いてここに越してこいと誘った。どんな形でも、一緒にいられる関係に戻りたかった。二度と手放したくなかったから」

「敏暁は……どうして結婚したんだ？　浮気じゃないって佳苗さん言ってたけど、最初から芳尚くんが他の男の子供だって知ってて？」

「ああ。佳苗は気の合うゼミ仲間だった。年下の彼氏がいたんだが、妊娠が理由でケンカになって別れたんだ」

「それはひどい。無責任な男だな」

「あいつも気が強いからなあ。もともとケンカのたえないカップルで、しょっちゅう頼りない彼氏の愚痴《ぐち》を聞かされてたよ。でもさすがに中絶すると聞いた時は、怒って」

「そうか、わかった。それで子供のために彼女と」

生まれた時から保育士みたいな男である。授《さず》かった命を抹消《まっしょう》するなんてとんでもない話で、見すごすことができずにお腹の子ともども引き受けたのだ。

「隆巳じゃないなら相手は誰でも同じ。単に扶養家族ができるだけのこと。大事なのは消えてしまうかもしれない子供の命だ」

「なんか、すごいな。同じ子持ちでも、思いつきで失敗したうえに流されるみたいにして父親になった俺とは覚悟が違う」

「そんな結婚生活がうまくいくはずもなくってやつで、二年ともたずに別れたわけだが」

敏暁らしい事情だ。敏暁が佳苗の妊娠を知らず結婚もしていなかったら、芳尚は生まれていなかった。涼紀を連れてここに転がり込んでも、涼紀の親友は存在していなかったかもしれないのだ。

そう思うと、なんだか感慨深い。

「ずいぶんと遠回りしたけど……。納まるところに納まったって感じかな、俺たち」

紆余曲折《うよきょくせつ》あったけど、あるべき場所に戻れた。気分はホノボノだ。

が、敏暁は隆巳の頬に手をあて、クイと仰向けさせた。

「それで、隆巳は俺を好きなのか？」

「え、言ってなかった？」

「ゲイかもしれない悩みは聞いたが、好きとは言われてない」

「そうだっけ」

会話を思い出しながら首を傾《かし》げる。

考えてみれば、そうである。いつの間にかごく当たり前みたいにして、好きという前提で喋っていた。

自分の気持ちをなんと形容したらいいのかわからずウダウダしていたのに、好きと言われたとたんなぜかすっかり両思いの気分に落ち着いて、まだ告白していなかった。

泰夫の告白より間が抜けている。でも、敏暁を『好き』な気持ちはそれほどまでに自然な感情なのだ。

隆巳はちゃっとメガネをかけ、焦点の合った瞳で真摯《しんし》に見上げる。

「好きだよ。好きなんだけど」

「だけど？」

「恋愛、家族愛、夫婦愛。これのうちどれだと思う？」

生真面目《きまじめ》に指を一本一本折って言う。

「ん～？　どれと訊かれても」

「実は、カオル先生に相談したんだ」

「ああ……それで、なんて？」

敏暁は、訊き返しながらポリポリと頭をかいた。

「恋愛を自覚する前に家族愛にぶっ飛んで、熟成した夫婦愛まで行っちゃってるんじゃないかって、言われた」

「なにかと鈍《にぶ》いおまえなら、それもありかもな。そうだな、全部じゃないか？　恋愛して、子供のいる家族愛で、だから夫婦の愛情もある」

「なるほど」

隆巳は、即座に納得した。

一歩踏み込んだ今、全部ひっくるめて敏暁を愛しているのだと認めることができる。大切な伴侶《はんりょ》。大切な子供たち。大切な家庭。父子同士だからこそ、こうして手に入れた全てが愛《いと》しくてなにものにも替えられない。

どれひとつとして欠《か》けてはならない不動の愛だ。

「ゲイかもしれないって悩みは、カオル先生と話したおかげでたいした問題じゃなくなった。敏暁のことが好きなのか男が好きなのか、わからなくて長いことウダウダしてたのもこうやって解決したし。結局、女にも他の男にも目がいかなかったのは、好きなのは敏暁限定だったからなわけで」

「運動音痴に加えて恋愛音痴まであったんだな、おまえ」

「恋愛音痴はもうこれで治る。はず」

「期待してるよ」

「いつから敏暁を好きになってたのか、自分でも境がよくわからないんだけど……。気がついたらこんなに愛情が熟成してたなんて、不思議な気分」

「熟成って、年寄り夫婦みたいだな」

敏暁は、苦笑いしながら隆巳の額に唇を寄せる。指先でメガネを外すと、しっとりした温かなキスを落とした。

「九年前のままの、まっさらな隆巳が手に入った」

キスが唇に触れると、隆巳の肩が僅かに緊張する。ついばむ感触が、押し包み吸い上げる強さに変わると鼓動がトクトクと鳴った。

いいんだか悪いんだか、本当に自分は九年前から成長していないと思う。卒業式のあの日から敏暁に囚われて、敏暁のことばかりを考えてきた。

今も、キスの心地よさに心を奪われて、頭の中が敏暁でいっぱいで、鳴りやまない鼓動が大きくなって体の芯を叩く。

「なんか……すごいドキドキしてきた。たまにドキドキすることはあったけど、こんなの初めてだ」

隆巳の唇から、吐息混じりの言葉がとろりとこぼれる。

「目の前がチカチカするような、ピンク色のキラキラが見えるような……」

「少女漫画か」

言う敏暁の指が、隆巳のうなじをくすぐるようにして探っていく。背中をきつく抱かれて、舌先で口腔《こうこう》をなぞられると下腹が熱く疼き出した。

「ズ……ズキズキしてきた」

「成年漫画だったか」

敏暁は微笑って答えると、隆巳の濡れた唇を名残惜しそうにペロリと舐めてキスを離す。

「このまま押し倒したいところだが、もう一時になる」

「あ、ほんとだ」

七時十五分に門を開いて園児を迎えるためには、七時までには朝食を終えて洗濯物も干してしまわないといけない。そして、寝不足ではバイタリティ溢れる子供たちに対抗できない。我が家の朝は早いのである。

せっかく体がその気になりはじめたところだけど、残念ながら中断。隆巳は手を団扇《うちわ》にして、ハタハタと襟元《えりもと》の火照《ほて》りを扇いだ。

「今夜は俺のベッドで一緒に寝るか」

「そうだね。俺の布団まで占領されちゃってるし」

芳尚は、パジャマがめくれてお腹丸出しで大の字。涼紀はフニャリと口角を緩めてコロンと寝返りする。眠っている時でも天真爛漫《てんしんらんまん》でちっともじっとしていない。寝相の悪い子供たちは、隣に敷いた隆巳の布団にまでゴロゴロ転がり出ているのだった。

鼻をつまもうが引っくり返そうが、二人ともぐっすりだ。蹴り飛ばされた枕を直して頭を載せて、元の位置に仲良く並べて布団を掛けてやる。

「こいつ、この寝相じゃ二段ベッドにしたら毎晩落ちそうだな」

「転落防止の高い柵をつけなきゃいけないね」

隆巳と敏暁は柔らかな笑みをかわし、灯りを消して部屋を出た。

「週刊誌におかしなこと書かれて大変でしたね」

教材会社の若い営業マンが、興味津々《しんしん》な顔で言う。

年長組さんが使う新教材の説明に来ているのだが、ひと段落してコーヒーを勧めたとたん、雑談をはじめたのである。

「子供たちも落ち着かなくて、迷惑してます」

敏暁は付録に視線を落としながら答え、一緒に説明を受けていた北村が鬱陶《うっとう》しそうに一瞥《いちべつ》を向ける。隆巳は役所との電話で保留音を聞きながら、開け放したドア続きの職員室兼応接室を肩越しに振り返った。

年の頃は二十五、六といったところか。どこからどこまで事実かアテにならないゴシップの真相を聞き出したいのはわかるが、あまり歓迎できる話題ではない。

衝撃のスクープを掲載した週刊誌が発売されたあと、翌日から他誌の記者が押し寄せたうえに後発の記事が乱発したもので、平和なひよこ保育園は騒ぎの真《ま》っ只中《ただなか》に放り込まれてしまった。園名がH保育園と伏せてあっても市名はしっかり書かれていて、写真を見れば地域の住民にはピンときてしまう。A夫、Bくんなどと仮名で書かれていても、ひよこ保育園の関係者ならそれが誰だか考えなくてもわかる。おかげで野次馬《やじうま》は絶えないわ、送り迎えの保護者は記者に呼びとめられて「ミィナは運動会を見にきたりしますか？」「ミィナとA夫のダンナさんは三角関係でもめたりしてますか？」などなど不躾《ぶしつけ》に取材されるわ。園の誰かがうっかり窓から顔を出そうものなら、すかさず写真を撮られる始末。おちおち子供たちを園庭で遊ばせることもできなかった。

しかも記事の内容といえば、後発になるにつれて憶測が幅を広げ、『ミィナはテクニックさえあれば男でも女でも大歓迎』だの『深夜の密会・ミィナはA夫とC夫と3Pを楽しんでいた』だの、――C夫とは敏暁のことで、いかにも嘘八百な新事実を並べたててスキャンダラスに盛り上げていく。売れはじめた天然系美人タレントの乱れた性生活ということにして暴きたてたいらしいが、巻き込まれたこっちはたまったもんじゃない。

一ヶ月たってようやく次のネタに移ったのか、張り込んでいた記者たちはやっといなくなり、興味の薄れた野次馬も姿を見せなくなった。

あたりは閑静《かんせい》な住宅街に戻り、ひよこ保育園にも元の平和が訪れて、園児たちを安心して園庭で遊ばせられるようになったところなのだ。

「ミィナ、可愛いくてファンなんですよ。週刊誌なんかほとんどデタラメですよね」

空気を読まずに営業マンはなおも続ける。

隆巳はため息をつきながら用件の済んだ電話を切って、保育室に戻ろうと立ち上がった。

「今使ってるものよりテキストは丁寧でいいと思けど、付録《ふろく》がちょっとかしら」

北村が聞き流して話題を教材に戻す。

「それで、ここについてる金具なんだが――」

敏暁が言いかけたところで、泰夫が血相《けっそう》を変えて駆け込んできた。

「芳尚くんと涼紀くんが見当たりません」

聞くなり、隆巳は息を呑んだ。

「悪いが、今日はここまでで」

敏暁が即座に営業マンを帰す。

「見当たらないって、どういうことなの？」

「確か、庭に出て遊んでただろ。教室に戻ったんじゃないのか？」

「それが、へんなおじさんが二人をさらったって言う子がいるんです」

泰夫が青ざめた顔で早口に言う。

隆巳の心臓が、不穏に跳ねた。

「子供たちはみんな中に入れました」

早く来てくれと、泰夫が急《せ》かしながら駆け戻る。

総合保育室で、カオルと愛子が園児たちを集めて待機していた。

「敏暁先生、この子たちが芳尚くんと涼紀くんの近くにいたそうです」

カオルが三人の子供を連れて前に出た。

さくら組の男児二人と、ひまわり組の女児だ。三人とも興奮気味に小さな唇を戦慄《わなな》かせている。

「どうしたのっ、なにがあったの？」

尋常じゃないなにかが起きたことを実感して、隆巳は思わず焦りの声を上げてしまった。

「隆巳、落ち着け。子供たちが怯えてる」

平静に努める敏暁の声を聞いて、ハッと我に返って見回すと、職員はみな蒼白《そうはく》で、集められた園児たちは事情がわからないながらも異変を感じて身を竦《すく》めている。中には怯えてベソをかいている子もいた。

「先生たちも、いつもどおりに」

敏暁は言うと隆巳の背中をスウと撫で下ろし、三人の子供の前にしゃがんだ。

「へんなおじさんがいたって？」

落ち着いて優しく訊ねると、目に涙を滲《にじ》ませたひまわり組のエリナがまず答える。

「すずきくんをだっこしてつれてったの。よしなおくんが、まてーっ、っていっていっしょにくるまにのっちゃった」

ということは、最初から涼紀を狙っていたのだろうか。それとも無差別に手近の子を連れ出したのだろうか。まだ五時前で明るいのに、園庭からさらっていくなんて、変質者にしては強引すぎる所業で目的が不可解だ。

「どんなおじさんだった？　髪の毛はどんな形？」

「ながかった。おんなのひとみたい」

「こういうの」

今度は男児二人が、両手を額にあてて左右に下ろし、男のヘアスタイルを教える。肩くらいの長さで、真ん中分けのワンレングスと思える。

「洋服は？」

「くろ」

「おとうさんみたいなの」

三人のお父さんは会社員だから、男の服装はたぶんダーク系のスーツ。ネクタイをしていたかは不明。

「それで、どういうふうに連れていかれたのかな？」

「おすなばのとこからはいってきて、すずきってよんだの」

「すずきくん、こんにちはっていった」

「そしたらだっこしてくるまにのせられちゃった」

「すずが、こんにちはって言った？　知ってる人だったのか？」

男が涼紀の名を呼んで、涼紀は「こんにちは」と答えた。つまり、知っている人だったということだが、それが誰なのか隆巳には全く心当たりがない。

「泰夫先生と愛子先生が園庭に出ていたはずだが？」

「すいません。二人が砂場で遊んでいるのは見てました。ゆうやくんが水飲み場で水を出しすぎてびしょ濡れになったんで、僕が着替えさせに教室に連れて入ったんです」

「そのすぐあと、さやちゃんが転んで膝をすりむいてしまったので」

「愛子先生がさやちゃんを抱っこして戻って、俺が救急箱をとりにいった。ひどく泣いているんで二人がかりでなだめながら膝の血を洗い流してやって、そのあと俺が引き受けて処置しました」

「その間、そんなに何分もかかってないと思います。園庭に出たらこの三人のようすがおかしいので、どうしたのか訊いたら涼紀くんと芳尚くんが、って……」

砂場は庭の隅にあって、小さな藤棚《ふじだな》を挟んで裏門がある。門扉にはかんぬき錠《じょう》がついていて、そろそろお迎えがはじまる時間なので表門と裏門の鍵を開けたばかりだ。

「不審人物と車は見てないのか？」

「白い乗用車が裏門の近くに停まってました。あのへん駐車違反の車がけっこうあるんで気にとめてなくて……、不審と思える人は見ませんでした」

「私も、白い車が停まってるのは知ってたけど、不審人物には気がつかなかった」

園庭で遊んでいたのは十五人ほど。泰夫と愛子がつき添って、保育室ではカオルが室内遊びをする子供たちを見ていた。男は車の中からずっとようすを窺っていたのだろう。二人の先生が室内に戻ったほんの数分の間に、門扉のかんぬきを外して素早く侵入して、涼紀と芳尚を連れ去ったのだ。

男の目的は涼紀。芳尚が「待てーっ」と言って一緒に車に乗ったということは、涼紀を助けようとして自《みずか》らついていったのに違いない。

青ざめる先生たちは、手を揉みながら園長代理の指示を仰《あお》ぐ。

「とりあえず、捜そう。園内にいないのを確認したらすぐ警察だ」

子供の話を信じないわけではないが、先生たちが現場を目撃してないので念のための確認である。

カオルと泰夫が園の周囲をぐるりと見て回り、他の職員が室内を手分けして捜索する。

かけおちの時は、母親たちの横暴《おうぼう》から逃げて築山《つきやま》に隠れていた。今回も、危険を回避してどこかに身を潜めていてほしい。

祈る気持ちで捜したけれど、やはり二人の姿はどこにもない。

いません、という先生たちの声が揃ったところで、電話をかけに事務室に走った。

と、美奈と佳苗が玄関のドアをけたたましく開けて飛び込んできた。

一ヶ月前に現れたおかしなお忍びスタイルと違って、サングラスも帽子もなく、襟《えり》ぐりの大きなカットソー、素足にミニスカートという、いかにもな芸能人のプライベートファッション。佳苗は変わらず、活動的なトレーナーとジーンスだ。

「リークしたやつがわかったわ！」

美奈は、隆巳の顔を見るなり言う。

「今はそれどころじゃない」

「佳苗？　おまえまで、どうしたんだ」

「私たち、手を組むことにしたのよ」

なるほど。園から追い出されたあと、タレントと記者の利害関係が一致して仲良くなったということらしい。

「君の話を聞いてる余裕はないんだ。ゴタゴタは持ち込まないでくれ」

先生たちが、なにか新たな展開ではといった期待混じりの困惑顔で、隆巳と敏暁の後ろに並ぶ。さすがの美奈も、異変を感じ取って額を曇らせた。

「な、なにがあったの？　まさか」

「涼紀が誘拐された。芳尚くんも。つい今しがただ。早く警察に電話しないと」

「なんですって！」

「やられた。もう実行しちゃったとは」

美奈が大口を開けて叫び、佳苗は舌打ちして口角に後悔を滲《にじ》ませる。

「それで、なぜ芳尚まで？」

「すずを助けようとしてついていったらしい。おまえたち、なにか知ってるのか？」

「あいつよ。涼紀の父親」

美奈と佳苗以外の全員が、それぞれの意味で驚きの声を上げた。

「父親って……今さらなんで」

美奈の男関係なんてこれっぽちも興味がなかったし、自分が父親じゃないこともあやふやなままにして引き取ったから、涼紀の本当の父親が誰なのか聞いてはいない。

本当の父親が涼紀を取り返しにきたのだろうか——。と思うけれど、もし父親が引き取りたがっていたのなら、養育権争いなどなく美奈は喜んで引き渡しただろう。隆巳なんぞ記憶の彼方《かなた》の、忘れ去られた男だったのだから。

　どういう事情でどうしてこんなことになってるのか、推測が追いつかなくて愕然としてしまう。でも、どんな事情があろうとも子供たちを傷つけないでほしいと、男の父親としての愛情と良識にすがらずにはいられない。

　敏暁も同じ思いなのだろう。

「それで、父親がなぜすずを誘拐した」

　厳《けわ》しい顔で先を促す。

「あいつ、アタシが妊娠したって言った時、どうせ他の男の子供だろうってせせら笑って相手にしなかった。隆巳のとこに行く前にも、涼紀ちゃんを連れてって引き取ってくれるように頼んだんだけど、やっぱり認めなかった。それどころか金くれってせびるのよ。脱法ドラッグやってるようなやつだから、しつこくしないほうがいいと思ってあきらめたけど」

「そんな危ない男に子供を会わせるなよっ」

「だって、妊娠した時はアタシたちまだ十九だったたし、大学卒業してマトモになってるだろうと思ったんだもの。でも前より悪くなって、今はホストやっててヤクザ絡みの借金を抱えてたの。隆巳に預けたあと、やっぱり引き取ってやるから養育費を毎月五十万よこせって言い出して、何度も電話がかかってきて」

「涼紀の居場所を教えたのか？」

「ひよこ保育園てとこで幸せに暮らしてるから、あんたなんかもうお呼びじゃないわよって……つい言っちゃった」

「ばか……」

身を持ち崩した男の、よくある転落話である。だいたい事情がつかめてきた。

美奈のことだから、金をせびられてさぞ高飛車に突っぱねたに違いない。邪険に断られた男は頭にきて、隠し子の存在を週刊誌に売った。しかし、腹いせを兼ねて儲《もう》けようと考えたわけだが、礼金など借金返済には焼け石に水にしかならない。一方、保育園名がわかっていれば、探偵並みな嗅覚を持つ記者が涼紀と隆巳を見つけ出すのはすぐだ。父子同士の世帯だと知って好き放題に書きたて、それを逆手に取った美奈はワイドショーへの出演が増えて、男はすっかりカヤの外。アテが外れてさらに憤り、今度は涼紀を盾に金を脅し取ろうとしているのだ。

「私たち、ちょうどミィナの独白記事の打ち合わせをしてたの」

「そしたら電話がかかってきて、一千万用意しとけって言うのよ。やっと稼げるようになったとこなのに一千万円なんて用意できないって答えたら、子供が大事ならかき集められるだけ集めろって怒って電話を切っちゃった」

「涼紀くんになにかするつもりだと思って、報《しら》せにすぐこっちに来たんだけど……もう実行してたなんて」

「いくら血の繋がった父親でも、そこまでしたら身代金目的の誘拐じゃないか」

その場の全員に緊張が走った。突然、美奈のスマホが場にそぐわない能天気なメロディを慣らした。

美奈はバッグから出したスマホを見て眉間を険しく寄せる。

「あいつだわ」

耳にあてると、憮然とした面持ちで口を開いた。

「アタシよ。――なに？　え？　今どこにいるかって？　スタジオで仕事中よ、決まってんじゃない」

さすがの美奈も、ひよこ保育園にいてこれから警察を呼ぶところだなんて、刺激することを言っちゃいけないのは承知しているようだ。

「あんたこそ、どこにいるのよ。――え？　お金？　そんなすぐに集められるわけないでしょ。なに考えてんのばか」

「美奈……もうすこし下手《したて》に」

ばか呼ばわりなんかして、怒らせて子供たちを傷つけられたら取り返しがつかない。隆巳は通話に入らない小声で訴えた。

美奈は横目で頷きながらちょっと姿勢を低くして、トーンダウンする。

「わかったわ、なんとかするから少し待って。――涼紀ちゃんがそこにいる？　え？　なに、だって……。あんたそれ、身代金目的の誘拐よ。犯罪よ」

どこにいるのか早く聞き出せと、横で敏暁が声を出さず口だけパクパクさせながらジェスチャーで急かす。

「場所はどこ？　なに？　だから、どこにいるのよ。――えぇ？　なに言ってるかわかんないったら。もう、あったま悪いんじゃないの？――はあ？　だ・か・ら、そこはどこだって訊いてんのよっ」

下手な姿勢が一分ともたない美奈は、腰に片手をあて、本人知ってか知らずか姿勢がグイグイ威張《いば》っていく。どこまでいっても高飛車なのだった。

「工場？　廃屋？　それだけじゃわからないってば。地名とか町名とか、なにか目印になるものは？――原田《はらだ》鋳物《いもの》工場って書いてある？」

敏暁と先生たちが反応して頷き合う。さらわれてからここまでの時間を考えても、どうやらそう遠くない場所らしい。まだ近隣の地理を把握してない隆巳はわからないけれど、敏暁たちはそこがどこだか知っているのだ。

「じゃあ、お金を用意してすぐ行くから待っててよ。え？——だからなに。も〜、あんた支離滅裂《しりめつれつ》。行くからおとなしく待ってなさいよ。涼紀ちゃんになにかしたら許さないからね！」

美奈は通話を切ると、イラだちながらスマホをバッグに放り込む。

「あのばか、クスリやってるのよ。それも、危険ドラッグなんて可愛いもんじゃなく、悪いヤツ」

先生たちが引きつるような声にならない声を上げ、いっせいに頭を抱えた。

悪いクスリといったら、覚醒剤しか思い浮かばない。もはや情だとか良識だとかに期待できないレベル。相手は健常な精神を失っている真性の危険人物なのだ。ニュースで見た数々の凶悪犯罪が頭をよぎって、息が止まりそうになった。

「そいつの名前は？」

「角田《つのだ》雅也《まさや》」

「よし、すぐ行こう。北村先生、警察に電話を」

「はい。角田雅也、ですね」

「刺激しないようにサイレンは鳴らさないでくれと、お願いしておいてください。迎えの保護者にはあとでペーパーで事情を知らせるということで、いつもどおりに子供たちを返して、何時に戻れるかわからないので戸締まりもよろしく」

こんな非常時だからこそ、冷静な指示を忘れない敏暁だ。

しかたなく産んだとはいえ、やはりお腹を痛めた我が子。命が危ないかもしれない状況に置かれて、他人事ではいられないのだろう。敏暁の運転する車の後部座席で、美奈はめずらしくじっと唇を噛みしめている。

目的地まで二十分ほどの距離。小型工業部品を製造していた原田鋳物工場は、昭和二十年代に創業して、最盛期でも従業員五十名ほどの小さな会社だった。十年前に負債を抱えて社長が自殺、倒産したいわくつきの物件だ。そのせいで今でも買い手がつかず、閉鎖した当時の状態のまま放置されているのだという。

中心街から外れた小規模な工業施設の点在する一画の、荒れ果てた敷地に三階建ての古い建物がある。計画性もなく犯行に及んだジャンキーの角田は、子供たちを連れ込める場所を探して車を走らせながら、たまたまこの廃工場を見つけたのだろう。昭和二十年代の創業というだけあり、あちこち歪《ゆが》んで見えるたたずまいが、夕暮れ時近くと相まっておどろおどろしい。壊れた門扉は何年も前に取り外されたようで、切れた足止めのロープが地面に落ち、シャッターの前にドアを開け放した白い乗用車が乗り捨てられていた。

中を覗いてみると、キーもつけたまま。抵抗する二人を連れて急いで工場内に飛び込んだと見える。シャッター脇に取りつけられたベニヤを貼り合わせたような薄いドアが、風に揺れてギィと軋《きし》み音を不気味に響かせていた。

いわくつきだと聞いたばかりで、隆巳は身震いしてしまう。人の寄りつかない廃工場で危ない男に捕まっていて、涼紀と芳尚の身が心配でならない。

「到着したと、電話してみろ」

敏暁が声を潜めて促す。

美奈はスマホを取り出すと、ナンバーをタッチして耳にあてた。

「もしもし、アタシ。着いたわ、どこに行けばいいの？」

隣で隆巳は息を潜め、美奈の声に耳をそばだてる。

「ええ。――わかった。三階に上がったらまた電話する」

美奈はスマホをしまって上を指差した。

「三階の奥ですって」

窓から外を窺ったりはしていないようだ。クスリのせいで、思考力も注意力も働いていないのかもしれない。だとしたら、こっちには好都合。

忍び足で中に入るとそこは鋳造場《ちゅうぞうじょう》で、いくつもの炉《ろ》に繋がるサビたボイラー管があちこちに張り出している。汚れで曇った窓から射す明かりは弱く、物陰は薄暗くていかにも廃工場といった物寂しい趣《おもむ》きだ。

二階から三階へと上がる階段の途中で、敏暁は足をとめて再度の指示を出す。

「俺たちは先に上がってようすを見る。おまえたちはゆっくり歩きながら、電話で角田と話せ。できるだけ長びかせて、やつの気を逸らしてくれ」

美奈と佳苗が緊張の面持ちで頷いた。

足音をたてないように気配を潜め、美奈と佳苗より先に段を上がっていく。三階は加工施設のようで、埃《ほこり》の積もった機器や工具類が整然と残されたまま。

高さ二メートルくらいのパネル壁で仕切られた作業コーナーがいくつかあり、その奥のほうで落ちつかなげな物音がカタコトとよどんだ空気を揺らしていた。

じっとしていられない角田が、美奈を待ちわびているのに違いない。

姿勢を屈めてゆっくり進んでいくと、通路の少し先に荷物運搬用のエレベーターが見える。そこの突き当たりにあるドアの向こうが、角田と拉致された子供たちのいる部屋だろう。

ドアが少し開いているので、隆巳と敏暁はパネル壁の陰に身を隠す。

聞き慣れない着信音が響いて、通話に出た角田の声がボソボソと聞こえた。

「アタシよ。三階の階段のとこにいるんだけど」

後ろのほうから聞こえるのは美奈の声。振り返ってパネルから僅かに顔を出すと、目の合った佳苗が小さな頷きを送ってきた。

「おまえ一人か？」

ろれつのうまく回らない角田の声。ちょうど双方の中間地点にいて、角田のほうは聞き取りづらいながらもようすが把握できて動きやすい。

「友だちについてきてもらったわ。女の子よ」

「な、なんだと？　一人で来いって言っただろが」

「やあね、廃工場なんて一人で入るの怖いじゃないの。か弱い女二人なんだからいいでしょう」

「ミィナちゃ〜ん、なんかゴキブリぽいのが走ってったぁ」

佳苗がスマホに口を寄せ、角田に聞こえるように甘ったれた声を出す。

「聞こえた？　アタシたち、ゴキがいるだけで怖いんだから。さっさと用事すませて帰りたいのよ」

「警察には言ってないだろうな」

「言ってないわよ、男のくせに気が小さいわね。それで、あんたどこにいるの。アタシはどうしたらいいの」

まるで迷路のように感じてしまうパネルだけど、目が慣れてみればフロアを単純に仕切ってあるだけの簡易な壁だ。

角田のいる部屋はかつて倉庫であったらしく、隣に位置する作業場に入ると上半分にガラスのはめられたドアの向こうに、黒服の後ろ姿が見えた。

隆巳は、敏暁の合図でともにドアまですみやかに移動する。気づかれないよう、ガラス越しに首を伸ばして中を窺った。

肩まで届くボサボサの髪は、園児たちの証言どおり。芳尚と涼紀は、連れ込まれる際に全力で抵抗したのだろう。ヨレヨレな黒いスーツの背中に、蹴られたと思える小さな靴跡がいくつもついていた。

その芳尚と涼紀は無事だろうかと視線を巡らすと、砂場で遊んでいたスモック姿のまま、二人寄り添って大人しく座っていた。怪我はないようだが、怯えた顔で角田を見上げているようすがなんとも痛々しい。

「あらやだ、迷っちゃったみたい。どうしましょう」

ゆっくり歩きながら喋る美奈の声が、倉庫へと近づいてくる。

「迷うような広さじゃねえだろ、ボケ」

「ボケェ？　ちょっとあんた、ボケって言った？　今アタシのことボケって言ったわね」

「入り口から何時間待たせてんだよ。さっさと来い」

「はあ？　ここまでせいぜい五分でしょ。クスリなんかやってるから頭おかしくなっちゃうのよ、大ボケ」

「金は持ってきてんだろうな」

　角田はスマホを片手にイライラと落ち着きなく体を揺らす。もう片方の手に光るものが見えて、隆巳は硬直した。

　果物ナイフを芳尚と涼紀に向けているのだ。

　暴れられたので、凶器を見せておとなしく座らせたのである。刃物で子供を脅すなんて人として最低だ。と思うけれど、なにしろ相手は正常な思考と判断を失っている麻薬常習者。常識では考えられないことをやらかすから恐ろしい。

　敏暁が、そっとドアノブに手をかける。鍵はかかってない。

　チャンスを窺いながら、いつでも踏み込めるように姿勢を構えた。勝負は一瞬だ。少しでも隙を与えたり取り押さえるのに手間取ったりしたら、凶器の反撃を受けてしまう。

　もし子供たちが、敏暁が刺されたらという不安と緊迫感で、額に脂汗が滲んだ。

「こっちだ。今ドアを開けてやる」

角田が子供たちに背を向け、ドアへと一歩踏み出した。

今だ！　と判断した瞬間――。芳尚の目がカッと見開いて、なんと角田の後ろから足に飛びかかった。

「ぅおっ？」

膝カックンになった角田は、平衡感覚もアヤしくなっているせいで簡単に床に引っくり返った。しかしナイフは握ったままで、怒りの形相《ぎょうそう》で起き上がる。

「こんのガキィ……」

すかさず涼紀がスモックのポケットに両手をいれ、なにかを取り出して角田の顔に投げつけた。

「ぶあっ！　ちっ、いて……いてて」

砂場で遊んでいた時にポケットに入った砂だ。わざと入れて遊んでたわけじゃなく、いつの間にかけっこうな量がポケットの底に溜まるのである。子供の小さな手の一握《ひとにぎ》りでも、まともに目に入ったら大人でも悶絶《もんぜつ》する痛さだ。

素晴らしい機転！　ナイスコンビネーション！　などと感心してる場合じゃない。

慌てて立ち上がった角田はナイフを振り回し、ヒィヒィ目を擦《こす》りながら地団駄《じだんだ》を踏む。

「隆巳、子供たちを頼む」

言うが早いか、敏暁がブチ破る勢いでドアを開けて飛び出した。

やみくもに振り回されるナイフをさっと避け、長いリーチで素早く手首をつかんでひねり上げる。

「ぐ……が……だ、誰だ」

角田はなにが起きてるのか理解できないながらも抵抗するが、ひょろひょろでよれよれのジャンキーが、体力も運動能力も抜群の敏暁に勝てるわけがない。

埃の積もった床に伏し倒されて、膝で肩甲骨《けんこうこつ》を押さえつけられると、ねじれた手からナイフがボトリと落ちた。

「すず！　芳尚くん！」

敏暁から遅れて飛び出した隆巳は、子供たちに走り寄るとしゃがんで両腕を広げた。

「おとうさん！」

振り返った涼紀が、隆巳の腕の中に飛び込んでくる。芳尚も、敏暁と角田を見ながら隆巳の肩にしがみついた。勇気溢れる二人だが、やはり怖かったのだ。

小さな二人の体を抱きしめると、無事を実感した隆巳の指がカタカタと震えた。

「なにがあったの！」

通話中になにかが起きたことを察した美奈と佳苗が、血相を変えて駆けつけた。

現場を見るなり、彼女たちの表情が歓喜に変わった。

「やったわね、さすが敏暁！」

佳苗はナイフにハンカチを被せて拾い、証拠の凶器として丁寧に包んだ。

「おとなしくしとけよ」

敏暁が拘束を解いて低く脅す。角田は半身を起こして正座すると、真っ赤に充血した目を瞬かせてボ～ッと周囲を見回した。

近くで見ると、涼紀と血を分けただけあって鼻筋の通ったなかなかの顔立ちだ。

しかし、いかんせんジャンキー。真ん中分けのワンレンロングヘアはパサパサで汚らしく、青白い頬は異様に痩せこけ、落ち窪《くぼ》んだ目だけがギョロギョロしている。おまけに、まともに砂を食《く》らって涙と鼻水でぐちゃぐちゃで、かつてはモテたであろう風貌《ふうぼう》は見る影もない。

「み、美奈……金、金くれよ……」

合わない焦点の目で美奈を見上げ、だらしなく口を開く。

「まだ言ってんの？　あんたにやるお金なんかないわよ」

「ああ……もうだめだ……。俺はおしまいだ」

ぐちゃぐちゃに汚れた顔が歪んで、ボロボロ涙を流す。

かつての角田の姿は知らないけれど、少なくとも一度は美奈とつき合うていどにはまともだったはずだ。こんなにも人間を崩壊させてしまう麻薬とは、なんて恐ろしいのだろうかと、隆巳は改めて戦慄《せんりつ》した。

「誰か……助けてくれ。借金が返せないと……殺される。袋叩きにされて虫の息のままコンクリート詰めにされて、東京湾に捨てられちまう。怖い……怖いよぉ」

悄然《しょうぜん》とする角田は、浮かされるように言いながらうつろな目を涼紀に向ける。

「嫌だ。そんな怖い思いをするくらいなら……」

突然、目にもとまらぬ速さで駆け出すと、隆巳から涼紀をむしり取った。

「父ちゃんと一緒に死んでくれぇぇ」

クスリで引き出された突発的な身体能力とでも言うのだろうか。声を上げる余裕も取り返す間もなかった。捕まえようとした敏暁の手さえもすり抜けて、涼紀を脇に抱えて信じられない勢いで走る。

「くそっ、待て！」

敏暁がダッシュで追うが、角田はアルミ製のドアを開けて外に飛び出した。

外といってもそこは非常階段で、後方の隆巳たちからは空しか見えない。角田が涼紀を抱えたまま手摺《てす》りに上半身を乗り出した。無理心中するつもりなのだ。

大人が三階から飛び降りても、打ち所が悪くない限りそう簡単には死なないだろう。でも、小さな涼紀は――。

「いや――っ！」

美奈が壮絶な悲鳴を上げた。まるで断末魔《だんまつま》だった。

ところが、階下を見下ろした角田がピタリと動きをとめた。間を置かず敏暁が涼紀を奪い返して、隆巳の腕に戻す。

角田は、手摺りをつかんだままヘナヘナと座り込んだ。

「警察……呼んでたのかよ……」

居並ぶパトカーの赤色灯群を見て、風船から空気が抜けていくようにして勢いが削《そ》がれたのだろう。要望に応えてサイレンを鳴らさずに駆けつけた警官隊は、建物を取り囲んで今にも突入しようと待機しているところだった。

「死にたい……死にたい……助けて」

「一人で飛び降りろ」

「やだ……怖い。死刑は嫌だ。怖い……ヤクザ怖い」

頭の中が混沌とする角田は、支離滅裂だ。なんだか哀れというか、クスリをやめて更正《こうせい》して、真っ当な生きかたをしてくれたらいいのにと思う。血を分けた涼紀のためにも、過去を清算して後ろ指差されない人間に戻ってほしい。

「あの、角田さん」

「はい……」

角田はさっきまでと別人みたいな畏《かしこ》まった声で返事をする。

「殺人とか、やってるんですか」

隆巳の言葉に、力なく首を横に振る。

「人殺しなんか……してません」

「そしたら、死刑にはならないでしょう。このままおとなしく捕まったほうがいいと思いますよ?」

「やです……」

「だって、ヤクザが怖いなら刑務所にいたほうが安全じゃないかな」

角田の肩が、ピクリと反応した。

「服役中は衣食住が保証されてるし、所内で働けば給料がもらえるって聞いたこともあります。クスリはやめて、真面目に働いたほうがいいかと」

「そうかっ。その手があったか!」

ガバッと顔を上げた角田は、さっきとはまた別人みたいになって表情を輝かせた。目がギョロギョロして不気味ではあるが……。

「刑務所に一生入ってれば、ヤクザに殺されないよ」

一生は無理だが、罪状を合わせればそこそこ長く服役できる、かもしれない。四年か五年くらいか。法に疎《うと》い隆巳にはよくわからないけれど。

「血も涙もない凶悪な誘拐犯だって、俺も警察に言ってやるよ」

敏暁は、呆れ顔で加勢を約束する。

「ああ、ありがとう。他に、万引きと恐喝《きょうかつ》と、あとなにやったっけ。店の売り上げパクって……、そうだ、女だまして通帳を盗んだ」

なんとも、徹底的に小者《こもの》である。

「おまわりさ〜ん！　俺が誘拐犯です、逮捕してくださ〜い」

角田はヨタヨタと非常階段を駆け下り、構える警官隊に両手を差し出した。

涙が出そうなほど哀れだ。

隆巳は涼紀を下ろし、床に膝をついて改めて抱きしめた。

「あのおじさん……すずのおとうさん？」

小声で訊ねる涼紀は、まっすぐな瞳で隆巳を見つめる。

「違うよ。すずのお父さんは、ここにいるだろ」

額をコンと合わせ、ぬくもりを流し込むようにして笑いかけてやった。

「あのおじさんは、へんなお薬を注射してちょっとおかしくなっちゃったんだ」

「かわいそう」

「昔のお母さんの友だちで、本当はとてもいい人なんだけどね。入院して早く病気が治るといいね」

いつか涼紀が、刑期を終えて出所した角田に会うことがあったなら――。その時には彼が健康で真面目な人間になっていますようにと、隆巳は心の中で願った。

美奈は、涼紀の前にフラフラした足取りで歩み寄ると、脱力したようにカクンと膝をついた。

「ママのせいで、怖い思いさせて……ごめんね。ママ、ばかで……ほんと、ごめん……」

ヘニャリと、女の子座りになってポロポロ泣き出す。

大学時代から勝気《かちき》で高飛車で、それが魅力でもある美奈だった。こんなふうに泣いて謝るなんて、意外で少し驚いてしまう。

産みっぱなしで無責任な母親だけれど、彼女なりのせいいっぱいの情があったのだと思うと、隆巳の胸に温かいものがしみじみと広がった。

「おかあさん……。すずは、だいじょうぶ」

涼紀はおずおずと手を伸ばし、美奈のピンキッシュブラウンの頭をそっと撫でた。

その後ろで、芳尚の手を握っていた佳苗が崩れるように座り込んだ。

「よかった……芳尚が無事で。涼紀くんも」

安堵の息を吐きながら芳尚を抱きしめる。

突然、眉間にしわを刻んだ敏暁がドカドカ歩み寄り、佳苗から芳尚をもぎ取ると立てた片膝に腹ばいに乗せ、お尻をパンッ！　と叩いた。

下ろすと次は涼紀を膝に乗せ、同じようにパンッ！

大きな音で、子供のお尻にはけっこうな力だ。

「芳尚！　涼紀！　誘拐犯に飛びかかるなんて、どれだけ危ないことをしたかわかってるのか！」

芳尚と涼紀は両手でお尻を押さえ、涙目になってジタバタと足踏みする。かなり痛かったらしい。

「だ、だって……」

「だってじゃない！」

「やっつけたから、いいじゃないか」

「す、すずもやっつけました」

「やっつければいいってものじゃないんだ！　相手はナイフを持ってたんだぞ。もし父さんがいなかったら、あいつを捕まえてなかったらどうなってたと思う！」

芳尚と涼紀は、失敗した場合を想像してお尻をさすりながら身震いした。

敏暁がこんなに怒って怒鳴《どな》るのはめずらしい。いや、初めてだ。

「まあまあ、敏暁。そのへんで」

隆巳は、敏暁の肩を軽く叩いてしゃがんだ。

子供たちに目線を合わせると、ふんわり微笑みながらゆっくり口調で言ってやる。

「攻撃がうまくいってよかったね。ナイスコンビネーションだったよ。だけど、あのあと敏暁父さんがいなかったら反撃されてたかもしれない。想像したら怖いね」

芳尚と涼紀は、神妙に頷いて俯く。

「芳尚くんもすずも、まだ子供なんだ。ご飯をいっぱい食べて大きくなって、それから修業もたくさん積まなきゃ。でないと、強い敏暁父さんみたいには、まだまだ大人の悪者に勝てないと思うよ。隆巳父さんの言ってること、わかる？」

二人は、さらに深く頷く。

「そしたら、強い大人に成長するまで無茶なことはしないって約束して」

「わかった。やくそくする。しゅぎょうしてつよいおとなになるまでむちゃしない」

「やくそくします」

「とうさん、たかみとうさん、ごめんなさい」

「おとうさん、としあきとうさん、ごめんなさい」

揃って真摯な顔でペコリと謝った。

二人の活躍がナイスコンビネーションなら、こちらは絶妙な飴《あめ》と鞭《むち》だ。

「こんな事件、二度とあっちゃ困るがな。あったら寿命が縮んで早死にするぞ、俺は」

敏暁はやっと頬を緩め、芳尚と涼紀の頭を撫でた。


なんだかんだ家に帰り着いたのは、夜の八時過ぎ。

ひよこ保育園はもう真っ暗で、戸締まりも万全《ばんぜん》。明日は保護者への事件の説明やらで忙しいだろうが、なにかと頼れる職員たちがいるので安心である。

夕飯は、佳苗の提案でお持ち帰りのピザとポテトとサラダを買い込んだ。

めったにない夕食メニューで、芳尚と涼紀は大人並みにパクパクかぶりついて大喜び。

血の繋がらない父子同士と、家庭より仕事を選んだ母親二人を交えた、変則的でどこか不思議な感じのする一家団欒《だんらん》だ。

「とうさん、アイスたべていい？」

先に食べ終わった芳尚と涼紀が、自分の皿とコップを流しに片づけながら許可を求める。

「今夜は特別に、許可しよう」

「やった」

アイスは休日のオヤツ用に買い置いているのである。二人は冷凍庫からチョコチップのカップアイスを出して、リビングのソファに座ってキャッキャとはしゃいだ。

「男の子は強いわね。今日の事件、トラウマになるんじゃないかと心配したけど、全然平気みたい」

佳苗が半身をひねって二人の姿を眺め、目を細めて言う。

「敏暁の育て方がいいんだと思いますよ。ガサツだけど細《こま》やかで」

「ガサツはよけいだろ」

「子供って、こうやって見てるとけっこう可愛いもんね」

美奈も、口に運んだピザのチーズをツーと伸ばしながら目を細める。

「わかってくれて、なにより」

「ねえ、敏暁。私、つくづく思ったわ。やっぱり子供には母親が必要なのよね」

「普通は、そうだ」

「私たち、やりなおせないかしら」

臆面《おくめん》もなく突然言い出す。隆巳の心臓が、ドキリと反応した。

敏暁と佳苗が復縁するのはありえないはずだけど、心臓に悪い話題だ。

「それは無理だろう。子供への愛があっても、俺たちには夫婦の愛がないから」

「夫婦の愛なんて、一緒に暮らして年月をかけて育てていくものよ。私もいろいろ考えなおしたし、きっとうまくいく。二人で愛のある家庭を築きましょうよ」

「悪いな。家族愛も夫婦愛も、もう育っちまってるんだ。隆巳と」

隆巳は、思わず飲みかけのビールをブフッとコップの中に噴き出してしまった。

「えっ？　隆巳さん？」

「隆巳と？」

佳苗と美奈は、目を大きく見開いた。ついでに口も、ポカンと開いた。

「だ、だってそれは……。あなたたち、父子同士で協力して暮らしてるんだって言ったじゃないの。嘘だったわけ？」

「それは嘘じゃない。以前も今も、俺たちは二人で芳尚とすずを育ててる」

「じゃあ、いつの間にそういうことになったのよ？」

「一緒に暮らしはじめてから着々と育ってはいたんだ。はっきりしたのは、おまえたちが週刊誌を持ってきて騒ぎたてた晩のことだ。おかげで、俺たちは立派な男夫婦」

「そ、そうだったの……。あそこの記者、なんとなく雰囲気を嗅《か》ぎつけたのね。それを大《おお》袈裟《げさ》に想像して記事につけ足した……。先見の明があるっていうか鋭いっていうか……」

佳苗は呆然として、ウーロン茶を飲みながらブツブツ言う。

「俺は九年前から隆巳ひと筋だったがな。やっと成就《じょうじゅ》した恋路だ。邪魔するなよ」

隣の椅子から肩を抱き寄せられて、赤面してしまう。カオル先生を見習って開き直っても、予告なしにこんな堂々とカミングアウトされてはさすがに恥ずかしい。予告ありで心構えしていたとしても、やっぱり赤面しただろう。

「なぁんだ。せっかく隆巳のこと見なおしたのに」

美奈が頬杖《ほおづえ》をついて、ビールを一気飲みする。敏暁は今さらといった顔で、ふふんと鼻を鳴らした。

「おまえも隆巳と復縁する気だったのか？」

「いや、結婚もつき合ってもないから、復縁とは言わないと……」

「ちょっとだけね。ボケッとしててはっきりしない男だと思ってたけど、意外にしっかりしたこと言うし頼りになるっぽいし、ギャップ萌《も》えかなって。ちょっとだけときめいたのよ。ちょっとよ」

美奈はちょっとを三回も言って、プイと横を向く。

あんまりな言いようである。『ボケッ』としてるんじゃなく、『おっとり』しているのであって、はっきりしないように見えるのは、控《ひか》えめなだけだ。

「ガッカリだわね、ミィナ。まあ、私も傷が広がらないうちに身を引くわ。お幸せに。でも、なんだか取り残されたみたいで少し寂しい」

「芳尚は渡さないからな。俺たちの家族愛で、偏見のない大きな人間に育てていくから心配するな」

「あら、それは芳尚に訊いてみなきゃ」

言って立ち上がると、佳苗はスタスタとリビングに入っていく。

「芳尚。これからお母さんと一緒に暮らさない？　頑張って働くから、二人で楽しいおうちを作りましょう」

芳尚はアイスを食べる手をとめ、不安そうに敏暁を振り向いた。なにがあっても返さないと、指きりげんまんしたのだ。

「行きたいか行きたくないか、本当の気持ちを言っていいぞ」

敏暁は腕組みして壁に寄りかかり、微笑を浮かべながら頷きと同時にげんまんの小指を立てて見せた。

父が約束を忘れていないことを確認した芳尚は、安心した顔を佳苗に戻す。

「オレんちはとうさんがふたりいるし、すずもいるからすごくたのしいよ。かあさんとこはいかない」

溶けたチョコチップを口のまわりにいっぱいつけて、きっぱりと言う。

「そう……。三対一じゃ、お母さんの負けね。わかった。あきらめる」

佳苗は肩を落としてため息をついた。彼女にも、最初からわかっていた答えなのだ。

「かあさんも、うちにあそびにきたらいいよ」

「ありがとう、優しいのね。お仕事がお休みの日は、芳尚に会いにくるわね」

そんなやりとりを聞いていた美奈がパタパタとスリッパを鳴らして涼紀に走り寄り、佳苗を押しのけてペタンと床に女の子座りした。

「ね、涼紀ちゃんは？　ママ、涼紀ちゃんと暮らしたい」

なにを言うかと思えば、便乗《びんじょう》勧誘である。

「プールのあるきれいなマンションなの。窓からスカイツリーが見えるのよ」

涼紀は困った顔をして、隆巳から芳尚へと首を左右に振り向け、美奈に戻した。その口のまわりは、やっぱりチョコチップだらけ。

「すずは、よしなおくんといっしょがいいです。おとうさんと、としあきとうさんも、いっしょです」

美奈は、ガクリと床に両手をついた。

「そうよね……。そうでしょうね。今さらだもの……」

「美奈も、遊びにくれば」

あまりにも消沈《しょうちん》しているふうで、隆巳は気の毒になって声をかけた。

しかし、パッと顔を振り上げ。

「じゃあ、一緒にお仕事しましょうよ！　アタシ、いっそキャラを変えて子連れタレントでいくことにする」

「はあ？」

転んでもタダでは起きない、たくましい美奈なのだった。

「涼紀ちゃんは可愛いから、きっと売れるわ。大きくなったら人気アイドルになれる。ママと一緒にきれいなお洋服を着てたくさんお写真撮ってもらうの。テレビに出たりもしましょ、ね」

「親の勝手な希望で子供の人生を変えるようなこと言うなよ」

「えと……すずは、おとなになったらよしなおくんとせいぎのヒーローになるから、しゅぎょうしなきゃです。いそがしいから、おかあさんとおしごとむりです」

遠慮がちながらきっぱり断るのを聞いて、隆巳はおかしくなって笑ってしまった。

「そうだね。すず、芳尚くん、頑張れ」

「言ってくれたな、すず。偉《えら》いぞ」

美奈も、肩を竦《すく》めてクスクス笑った。

「あ〜あ、フラれちゃった」

「フラれた者同士、私のマンションで飲みなおさない？」

「いいわね、それ。明日の仕事は十時からだから、ゆっくり飲んで喋れるわ」

「スクープよ、大スクープ。純愛と葛藤《かっとう》がテーマ！　生活のために手放した息子への思いと、転落していく恋人をとめられない悲しみ。そしてついに引き起こされてしまった事件！　いろいろ聞かせてちょうだい」

「すてき、知られざるミィナの素顔！　けな気《げ》に立ち向かうヒロインでお願いするわ」

佳苗の頭の中では、すでに記事の構想が練《ね》られているらしい。ミィナの波乱に満ちた恋の軌跡とかなんとか、ドラマチックな純愛風の美談に仕立て上げるつもりなのだろう。彼女たちの記者魂とタレント魂が炸裂《さくれつ》である。

「話がまとまったところで、さっさと帰れ」

「はいはい、お風呂に入れて寝かす時間ね。わかってるわよ」

時間はもう九時。たまに少しくらい遅くなるのはしかたないが、とんでもない事件の主役になった今日は疲れているはずで、芳尚も涼紀もそろそろ眠気に襲われる頃だ。

「やっぱり子供の世話ってめんどくさいわね」

「そうね。大変な育児は任せて、私たちはいいとこ取りでいきましょ」

「そうするがいい。さあ、帰れ帰れ」

敏暁が追い払うようにして、ゾロゾロ連れだって玄関に出る。

美奈に続いて外に出た佳苗は、密《ひそ》やかに隆巳に身を寄せた。

「私、隆巳さんを見てて羨ましくなったの。それ本当は私の場所なのに、って」

スッと体を離すと、白い歯を見せて笑った。

あでやかで、強い女性の笑顔だ。

「またあそびにきてねー」

「おかあさんも、きてください」

「今度はおみやげ持ってくるわね」

「可愛いお洋服いっぱい買ってきてあげる」

母二人は、颯爽《さっそう》と佳苗の車に乗り込む。

和気藹々《わきあいあい》と見送ったあとは、即、風呂だ。

遅くなった晩の恒例。慌しく四人で入ってせっせと体を洗い、風呂上がりは牛乳を飲ませて水分チャージ。髪が乾いたらバタバタと二階に上がる。

芳尚が自分の枕を抱えてきたので、布団をくっつけて敷いてやると、さっそく二人して潜り込んだ。

「電気、消すぞ」

蛍光灯のひもをつまんで言うと、芳尚と涼紀は枕から頭を浮かせ、ウキウキした顔で敏暁と隆巳に視線を注ぐ。

「なんだ、どうした？」

「とうさんたち、じったいはせいぎのヒーロー？」

角田を取り押さえた父の姿が、よほどかっこよかったらしい。二人の目には、敏暁と隆巳が世を忍ぶ赤と青のヒーローに見えているのだ。

「あ～、残念だが父さんたちはただの保育園の先生だ」

敏暁はポリポリと頭をかいた。そうだと答えてやりたいが、子供だましの嘘はいけない。

「うん、わかった。ひみつだもんな」

「だれにもひみつだもんね」

敏暁は、苦笑いして蛍光灯《けいこうとう》のひもを引っ張った。

豆電球が点くと、芳尚と涼紀は枕に頭を落とし、パタリと目を閉じた。

一瞬で眠りついたのだ。

芳尚と涼紀の夢は、力を合わせて戦う正義のヒーロー。父たちが先輩ヒーローだと知った今、密かに師《し》と仰《あお》ぎ、修業に励《はげ》んでいくことだろう。「無茶な修業はだめだよ」と、隆巳は子供たちの寝顔に小さな声を投げかけてやる。

廊下に出るとドアを閉め、肩を揺らして笑いをこぼした。

「おかしかったぁ。俺たちがヒーローだなんて、大きくなっても信じ込んでたらどうしようね」

敏暁も、いっそう肩を揺らす。

「ぜひとも、父たちを超えてほしいもんだ」

なにを考えているんだか、なにをやらかしてくれるんだか。本当に、子供という生き物は大人の理論や理屈じゃ計り知れない。

「俺たちは、どうする？　下でテレビでも見る？」

笑いがとまらないまま訊くと、敏暁がふと隆巳の耳に囁きを吹き込む。

「キスの続きをしよう」

隆巳の耳たぶに、熱がこもった。

敏暁の部屋でベッドに座ると、へんに意識して肩が力《りき》んでしまう。

過剰な意識を逸らすなにか……と、話題を探してみた。

「今日は、大変だったね」

今さらで間の抜けたとっかかりだが、他になにも思いつかない。

「肝《き》冷《も》やし第二弾だったな」

敏暁は、指先で隆巳の前髪を梳き上げて唇を寄せる。

「か、佳苗さんと、美奈と、仲良くなれてよかった。二人とも全然、思ってたよりいいお母さんで、安心した」

額をキスでくすぐられて、鼓動が高鳴った。

「特に、美奈が……。涼紀にも愛情を注いでくれる母親がいたんだって、わかって嬉しかったし」

「ああ、美奈に僅かでも母性があったのは、意外だ」

「離れて暮らしてるのに母性を失わないって、女の人はすごいね。二人の仕事の成功を応援したくなったよ。俺は男だから父性しかないけど、敏暁と一緒ならいくらでも補えると思う。いい家庭を作ろうな」

「そうだな。ところで、おまえ。これからって時になに饒舌《じょうぜつ》になってるんだ」

舌先で唇をなぞられて、毛穴から湯気《ゆげ》が出そうになった。

「や、なんか、こう……改まると緊張するっていうか、恥ずかしいっていうか」

「俺たちの間に羞恥はない。なにをしても、恥ずかしくない」

パジャマのボタンを外されて、気分がソワソワしてしまう。

お互いの気持ちを確かめ合った一ヶ月前のキスを思い出して、その先を想像するとソレがうまくできるか身構えずにはいられない。恥ずかしくないと言われても、そんなふうに意識している自分がどうしようもなく恥ずかしいのである。

あの晩、夫婦愛と家族愛の源となる深い愛情を実感した。熱いキスをして心がひとつに融け合った。

求める想いが引き寄せ合って、体もひとつに繋がろうかという流れだった。が、残念ながら時間も遅くて中断。すみやかにベッドに入って、就寝したのだった。

子供のいる生活はなにかと慌しい。ぼちぼちお遊戯会《ゆうぎ》の準備も始まって、閉園後の職員ミーティングがあったり、家に持ち帰る雑用もちょこちょこあったり。働くお母さんに負担をかけないよう、衣装から小道具まで全て園で用意するので、早くから見通しをたてて取りかかっておかないと、間際に職員の残業がえらいことになってしまうのだ。

なにしろ、我が家は起床が早いから就寝も早い。ということであれこれ落ち着かない日が多くて、そういうムードになりにくく、なんとなく続きをしそびれていた。

いわゆる、これが夫婦の営《いとな》みを行なう初めての夜だ。

スルスルとパジャマをはがされていって、されるままでいるのも悪いかと思って敏暁のボタンを外《はず》しにかかる。

思いきって脱がせてみると、見慣れたはずの裸の胸にほぼ衝撃と言ってもいいような刺激を感じてしまった。

男同士だというのに、見られるより見るほうが恥ずかしい。

なら一番見慣れている顔を見てればいいかと思って視線を上げて、目が合った瞬間に頭がのぼせた。

おっとりしていても、隆巳だって男なのである。開きなおったのか、本能なのか。急にムラムラしてきた。なにかこう、かぶりついてむしゃぶりついて、アレコレやりたい衝動が沸いてきた。

しかし、なにをどうしたらいいのかわからない。

実は、ゲイ疑惑で悩んでいた頃にちょっと調べてみたことがあるのだが、現実離れしたプレイ系の解説ばかりで参考にならず、萎《な》えただけだったのだ。

押し倒されて素肌を重ねると、とりあえず敏暁の首に抱きついてキスを受ける。

覚えのある今までのキスよりも、深く熱く扇情的だ。

体温がどんどん上昇していって、差し入れられた舌の愛撫で喉が火傷《やけど》するんじゃないかと思う。お腹の中もその下のほうも、沸騰しそうに滾《たぎ》ってたまらない。

唇が離れると隆巳は濡れた吐息を漏らし、熱っぽい瞳で敏暁を見上げた。

「俺も……なにかしたいんだけど」

「なにかって、フェラとか？」

耳元でいかがわしく囁かれて、張った屹立《きつりつ》が膨張した。

「む……難しい……？　かな」

「俺に任せておけばいい」

胸を撫でられて、思わずつま先に力がこもった。

「ま、任されるくらい、慣れてるの？　さっき……、俺ひと筋だって言ってたけど」

敏暁は、一瞬絶句した。プラトニックに隆巳ひと筋でも、体のほうはそれなりの経験を済ませているのである。

「俺のほうが、敏暁ひと筋だね」

勝ち誇って言う頬が、薔薇色に染まった。

「それで、俺はなにをしたら？」

「黙って感じてろ」

「あ……っ」

乳首をつまむなり齧《かじ》られて、逸らした喉が艶《つや》めいた声を漏らした。

小さな突起がムズムズして、歯で扱かれるとピリピリする刺激に変わって、半身をひねって身悶《みもだ》えてしまう。

吸い上げられて舌でこねられると、快感が下腹に這《は》い下りて、勃《た》ち上がりがヒクヒクと震える。先走る露《つゆ》が先端から溢れて、幹をぐっしょり濡らした。

体の中心が大きく脈打って、熱が集まっていく。切羽詰まったこの感覚は、信じられないことに頂点一歩手前。

愛撫の手に濡れた幹を握られて、両脚がビクンと跳ねてしまった。

「ま、待って待って……っ」

焦って声を上げて、敏暁を押しのけた。

「どうした？」

「や……なんか、出そうな……」

ゼハゼハと肩で息をして、体を起こすと正座する。脚を緩めると栓が外れたみたいに射精してしまいそうで、膝に力をこめて両腿をピッタリ閉じた。

「出せばいいだろ。我慢は体によくないぞ？」

「でも、まだ終わっちゃ……もったいない」

「一回で終わらなきゃいい」

「そ………」

今まで連続なんてしたことがないから、一回で終わらない感覚がつかめない。もちろん自分でしていたわけなのだが、人の手でしてもらうと二回いけるのだろうか……。

などと考えながら下ろした視線が、敏暁の立派な勃ち上がりに張りついて、小休止しかけていた体の熱を暴発させた。

卒業式の日のキスのあと、敏暁の部分がどうなっていたのか想像しては何度もオカズにした。その部分が目の前にあるのだ。

ムラムラと、かぶりつきたい欲求がぶり返した。

「やっぱり……やってみる。フェラ」

「無理しなくても」

「したい」

隆巳は張りついた視線を外さないまま、身を乗り出した。

「おまえ、なんか目が据《す》わってるぞ」

そうだろう。張りついた瞳が潤んで、頭の中が敏暁のソレでいっぱいなのだから。

技巧を知らなくても、本能の赴《おもむ》くままやりたいようにやればいい。

敏暁のそこに顔を伏せると、軽く握ってペロリペロリと舐め上げてみた。

悩める大学時代に見たアダルト動画の真似である。

ゲイプレイは過激でほとんど見られなかったけれど、それなりに感じるものはあった。

そして手が下腹に下りると、頭に浮かぶのは敏暁だった。

「気持ち悦《よ》い？」

「ああ……、悦いよ。でも、隆巳のそんな姿は想像つかなかったから、視覚のほうが刺激的でやばい」

「敏暁、俺をオカズにしてるって言ってたろ。どんなふうだった？」

言う自分の声が、のぼせた頭の中で蕩《とろ》ける。

「そうだな。積極的なイメージは浮かばなかったから……、美しいマグロみたいにベッドに横たわって」

「……マグロ？」

美しいというのはよくわからないが、敏暁の想像の中で隆巳はマグロみたいにで～んと寝転がっていたらしい。

「男同士で体の構造が同じだから、どこが悦いか自然とわかるよね。なんか、楽しくなってきた」

先端をチュクチュク吸って、大胆にまた舐め上げる。

「う……」

頭上で、敏暁の漏らす吐息が聞こえた。隆巳の中心から張り出した幹が、ドクンと振動して膨れた。

「俺も……実は敏暁をオカズにしてたよ」

「それは、嬉しい」

「初めてキスされた時、俺は反応してたけど敏暁のはどうなってたのかなって……。何度も想像した。でも、敏暁の実物を見たことないから、十八禁の修正みたいなボカシが入ってたけど」

「見れて……よかったな」

「ん……。すごい立派で、俺のより大きいよね。この先のとこ舐めると、固くなってビクビク動く」

「おま、言葉攻めか……。聞いてるだけでビンビンしてきて……達《い》きそうだ」

言葉攻めのなんたるかは知らない。初心者ゆえの素直な感想で、もとは親友という言いたいことをてらいもなく言える間柄でもある。技巧のスキルなど全くないけど、それでも感じてもらえてるならビギナーズラックだ。

調子に乗って、大きく口を開けてパクンと咥《くわ》えてみた。

敏暁の隆起がドクンと膨張して、先走りの露がトロリと喉に流れた。

自分がされたら悦いだろうと思えるやりかたで、頭を上下に動かしていく。

「もう……出るから、離せ」

敏暁が身じろいで、引き剥がそうと隆巳の肩を揺する。

口の中の固い感触に囚われて、敏暁の言葉は耳に入っているのに動きがとまらない。隆巳は一心に頭を上下させ、唇をすぼめて締めつける摩擦を加えた。

「隆巳……っ」

ふいに、濃くとろける液体が口腔に広がった。

敏暁のソレが、ビクビクと痙攣する。やがて治まったのを感じて顔を上げると、唇のはしから白濁《はくだく》がトロリとこぼれて顎を伝った。

口の中で敏暁の熱が吐き出されたのだと気づいたとたん、自分のしたことを意識して急に恥ずかしくなった。

「ご……ごめん。なんか、離せなくて」

喋ると口内も唇もヌルついて、舌の上でとろける白濁をコクンと飲み込んでしまった。

「おまえ、初めてのくせに大胆すぎ」

敏暁は、隆巳の口の中に人差し指を入れ、残滓《ざんし》をちょいとかき出す。照れる隆巳を押し倒すと、見おろしてニヤリと笑った。

「先に達かされて、ちょっと悔しいぞ」

言うと隆巳の下腹に顔を伏せ、呑み込むようにして屹立《きつりつ》を咥えた。

「あっ……ああっ」

いきなり奥まで吸い上げられて、悶える声を上げてしまう。

はじまってすぐ頂上一歩手前までいって、そのあと敏暁のモノを口にしてたっぷり性感を溜め込んでいたのだ。僅かな刺激でもすぐに噴き出しそうな、ぎりぎりとどまっている状態で猛攻をかけられたらたまらない。

きつく握った根元をバイブみたいに小刻みに扱《しご》かれる。同時に、咥え込んだ屹立を上顎と舌で摩擦される。

急激に下腹に集まった熱が、狂ったように渦巻いた。それが怒涛《どとう》の勢いで出口に流れ出して思わず息を詰めた。

熱が勢いよく敏暁の口内に放たれた。

焼けつくような強烈な性感が、体の芯を走り抜けた。思わず腰が浮いて、弾《はず》みのついた
かつて経験したことのない猛々《たけだけ》しい頂点だった。

「んっ――、あぁ」

「はあ……はあ……」

息が切れて、目の前がチカチカする。自分でユルユルするのと違って、快感も排出後の
脱力感も半端なく襲ってくる。

でも、これから二回目があるはず。

敏暁は半身を起こすと手の甲で口元を拭う。隆巳はその動作を見て、愕然とした。

「ま、まさか俺の……飲んだ？」

「ああ、ツルッと。勢いがよすぎて、口の中に溜まるヒマもなかった」

「あう……」

まるでうどんでも飲み込んだみたいに軽く言われて、いたたまれなくて頭を抱えたくな
った。初営みだというのに、ムードもへったくれもあったもんじゃない。

でも、ラブロマンス映画みたいに甘々なのも、相手が敏暁ではよけい恥ずかしいだけだ
ろうとも思う。

脱力する体をうつ伏せにされて、腰をグイと引き上げられた。

あらぬ箇所がむき出しにされて、今度は本当に頭を抱えてしまった。さっきは見られるより見るほうが恥ずかしいと思ったけど、これは羞恥の極地だ。

しかし、羞恥さえも快感に変えなければ、この先の行為が成り立たない。このスタイルは結ばれるための手順であり、そして自分のソコに敏暁のソレがそうなるのだから、見られるのなんてなんのそのと思わなければ。と、隆巳は枕に顔を埋め、頭の中に理屈を並べたてて気を落ち着けた。

敏暁の手が、むき出しのお尻に触れる。

いよいよ二回目の始まりである。入り込んでくる敏暁のモノを迎えようと、緊張して身構えた。

恥ずかしい狭間を、温かくヌルリとした感触がチロチロとくすぐった。

隆巳は驚いて、思わず肩越しに振り返った。

「な、なにしてるの」

挿入するとばかり思っていたのに、敏暁はすぼまったソコを舐めているのである。

「入れる準備だ」

敏暁は、隆巳のお尻の前で平然と言う。

「いきなり突っ込んだら痛いだろ」

「そ……そう……」

そういうものだったのかと、納得してまた枕に顔を埋める。最後まで見ることのできなかった動画は、いきなりバコバコ突っ込んだり道具をガスガス入れたり、過激なシーンを断片的にしか憶えていなかったのだ。

改めて身構えて目を閉じると、舌がうごめいてそこを濡らしていく。

きつくすぼまった門を丁寧に舐め上げ、時おり舌先を差し入れて襞を広げる。たまにぞわりと粟立《あわだ》つことがあって、神経が愛撫を受けるソコに集中してしまう。

くすぐったい触感がしだいに艶めかしく痺れはじめて、閉じた襞が緩んでいくのがわかった。

小康状態だった隆巳の部分が、脚の間からムクムクと張り出していた。

「抵抗がなくなってきたな。だいぶ緩んできた」

少し掠《かす》れ気味の声を聞いて、次のステップを感じた隆巳はゆっくりと息を吐いた。

指先が門を柔らかく揉んで、緩んだ襞を押し広げて侵入してくる。最初は痛みもあったけれど、すぐに麻痺してソコが指のつけ根までを抵抗なく飲み込んだ。

ゆるゆるとした抽送が繰り返され、内部を解す指が増やされる。

「ん……は……ぁ」

過敏になった体の中が、与えられる摩擦で急激に発熱した。甘く気だるい感覚がじんわりと融け出して、緊張していた下半身が脱力していった。

「悦くなってきたか？」

「よく……わからないけど、へんな……感じ」

指が引き抜かれると、今度は固いものが押しつけられた。

敏暁の、熱く隆起した先端だ。

「入るぞ？」

「う……ん」

固く張った大きな熱塊が、閉じた襞を無理やり押し開き、狭い内部を圧迫しながら突き進んでくる。

どこまで入ってしまうのだろうかと、不安になるほどの重量が隆巳の体を占拠《せんきょ》する。枕をつかんで必死に奥まで受け入れると、熱塊がゆっくりと抽送をはじめた。

内壁が引きつれるようにして敏暁に絡みつく。抵抗が薄れるにつれ、浅い動きがストロークを強めていく。

摩擦を感じるようになると、内部が再び高熱を発した。

「は……ぁ……はあ……」

人間の体はすごく柔軟だ。無理だろうと思えるほどの大きさを難なく飲み込んで、与えられるストロークに合わせて収縮と弛緩を繰り返す。痛みも抵抗もすぐ官能に塗り変えて悦《よろこ》びを享受《きょうじゅ》する。

奥を突かれて揺れる屹立が、白濁まじりの露を滴らせた。刺激を感じるたび、声とも喘ぎとも取れる呼吸が漏れた。

「あっ……？」

ふいに熱塊が引き抜かれて、「まだ抜かないで！」と叫びそうになってしまった。

四つん這いで伏せていた体が仰向けに返されて、汗ばんだ胸が重ねられる。見つめおろす敏暁の瞳が嬉しそうに微笑んだ。

前から挿入されると、隆巳は敏暁を迎え入れる脚を大きく開いた。

肩を抱かれ、柔らかなキスが唇をついばむ。ゆっくりと貫かれていく体内に、快感と充足が満ちた。

九年もの間、忘れることのできなかった懐かしい体温。やっぱり高校生の頃から恋していたに違いないと思えるほど、馴染《なじ》んだ愛しい敏暁の体だ。

「なんか……いいね、この感じ」

隆巳は、抱き合う敏暁の耳元に囁く。

「うん?」

敏暁も、隆巳の耳に低い応えを吹き込む。

「抱き合ってるのが、ひとつになってるって感じで」

今度は、深く熱いキスが隆巳の言葉に応えた。

舌を絡ませ合い、惹き合う心のままに愛撫をかわす。体内の熱塊が隆巳の性感を何度も擦り、しがみつく体を揺すり上げる。

官能が頂点に向かって急速に上昇した。

「敏暁……っ、もう……だめ」

全身が硬直して、しがみついた敏暁の背中に知らず爪をたてた。

「俺もだ。一緒に達《い》こうな」

艶めかしい囁きが、必死にこらえていた隆巳の性感を突いた。とたん、張り出した隆起が痛みを感じるほどに膨張した。

「あっ……ああっ!」

腰が浮いて、背中が弓なりに反り返る。

痙攣する隆起を灼熱が走り抜け、達成の印を体外に放った。

重ねた胸で喘ぐ呼吸が踊り、抱き合う二人の指が微かに緩む。熱でひとつに融け合った互いの一部分が流れ出すかのように、繋がった箇所からトロリとした液体が溢れた。

ああ、一緒に達《い》けたんだ――。

そう実感すると、芯にこもる熱が不思議なくらい静かに引いていった。

「すごいや……。二回も……いけちゃうもんだね」

「三回目もいけるぞ」

「俺は……ビギナーだから、もう無理」

達成の呼吸を吐き出すと、充実した疲労感に襲われた。

床に脱ぎ捨てた下着に手を伸ばすと、酷使した股間がギシギシ鳴る。

ちょうどパジャマのボタンをかけ終えた時、寝室のドアがスウと開いて隆巳は焦《あせ》って振り返った。

「すずが、しっこ」

「しっこ、したい」

寝ぼけ眼《まなこ》を手の甲でこすりながら入ってきたのは、芳尚。その後ろには、やはり寝ぼけ眼で手を繋ぐ涼紀。

「あ、はいはい。おトイレだね」

パジャマを着終わっていてよかった。敏暁はまだ裸でくつろいでいるけど、二人揃って全裸だったり、はたまた真っ最中だったりなんかしたら――。追究されたら焦って言いつくろうのに苦労してしまう。いくら偏見のない大人に育てると言っても、幼児に性教育は早すぎるのである。

「俺がいくよ」

敏暁に言って、寝ぼけ半分の子供たちをクルリと反転させて廊下に向ける。

ゾロゾロと歩きだしたとたん、ゴンッ！　と音がしてびっくりした。

「よ、芳尚くん？」

芳尚が、ドアのはしっこにオデコをぶつけたのだ。

「大丈夫？」

「いたい……」

まだ寝ぼけ眼でぼ～っとしているので、音ほどにひどく激打してはいないようだが。

「すごい音がしたぞ。コブできたんじゃないか？」

敏暁がパジャマに袖を通し、クスクス笑いながらベッドを降りる。

「よしなおくん……だいじょうぶ？　いたいの……とんでけ～」

涼紀が片手で自分の目元をこすりながら、掌で芳尚の鼻の頭をナデナデする。こっちもまだ寝ぼけ眼《まなこ》だ。

「ほら、おまえら。ちゃんと目ぇ開けて歩けよ」

「は～い」

トイレで順に用を足させると、まだぼ～っとしている二人を抱っこして部屋に連れて帰ってやる。ひとつのふとんに並んで寝かせると、芳尚と涼紀はすぐさま深い眠りに戻っていった。

両親が二人とも男なんて、世間的におかしいかもしれない。けれど、成長した芳尚と涼紀がそれをどう受けとめるかは、子供たちしだい。

血の繋がらない男四人の変則的家族だけど、たくさんの愛で繋がれた絆《きずな》は他のどんな家庭よりも強固だ。

隆巳は敏暁に寄り添い、灯りを消してドアを閉じた。

おわり♡

あとがき

みなさま、こんにちは。

初めましてのみなさまも、こんにちは。

またも子連れモノを書かせていただきました。かみそう都芭《つば》でございます。

今回は、お父さん二人の子育て奮闘記《ふんとうき》(?)でした。

お母さんの役割りもこなしてしまう保育士父さん。いいですね。炊事、洗濯、料理に子育て。さらに男らしい頼もしさ。まさに万能。それが攻め様ならなおよろしい。私的に子連れボーイズラブの理想です。

そして子供たちの活躍も、いかがでしたでしょう。少しでも楽しんでいただけたら嬉しいです。

ところで。この二年ほど病気と怪我に見舞われている不運な私ですが、またもやってしまいました。なんと、今年三度目の捻挫《ねんざ》。

　買い物帰りにスーパーの袋を両手にぶら下げて歩いていたんですけどね。側溝《そっこう》の傾斜に足をとられてよろけたのですわ。

　両手がふさがっていたもんでバランスが悪くて転びそうになって、こりゃいかん！　と踏ん張ったのです。タマゴが割れたら嫌なので、なんとしても絶対に転びたくなかったから。とっさにスーパーの袋を持ったまま両手を前に突き出し、ぬおぉっ！　としゃがみ込みました。けど足元が傾斜だったので、右足首がグキッとね……。

　周りに誰もいなかったのがせめてもの救い。見られていたら、「なに突然スクワットなんかやってんだ？」と思われたことでしょう。

　とりあえず何事もなかったような顔をしてスタスタ家に帰ったけど、すんごく痛かったよ……。夜には痛みがひどくなって、寝ても座ってもいられないくらい。

　こんな立て続けに捻挫するなんて、私のカラダになにが起こっているのか。ちょうどこのひよこ原稿の終盤に差しかかったあたりを書いている途中でした。これはもしや、隆巳《たかみ》の呪い？

　いや……ただの運動不足です。徹底的にナマっているのです。普通に歩けるようになるまで五日ほどかかってしまいました。つくづく、運動しないといかんですね。

それにしても、厄年でもなんでもないのに。なんとなく災厄続き。こうしている今も困った問題が降りかかっています。ほんとにもう、どうしたものか。

ということで、癒《いや》しを求めてベランダで緑を育ててみました。ミント、ワイルドベリー、クローバーなど。もとは野草なので、お世話ラクラクで葉っぱがわさわさ伸びます。ベリーも小さな実がたくさんついて、この春はイチゴといっしょにコトコト煮詰めてジャムにしました。イチゴだけよりも甘酸っぱさが増して美味しかったです。ミントも氷水に浮かべると飲み口が涼やかで爽やか。うん、癒し癒し。

と思ったら、プランターに蛾がタマゴを産みつけたらしくて、ミニ毛虫が発生……。

私は、毛虫、イモムシ、蜂の順に虫が超絶苦手なのですよ。特に毛虫は子供の頃に刺されて以来、どんな小さいヤツでも見ただけでチクチクゾワゾワする。

あ～、もう。ほんとにもうったら。しかたないので頑張って退治して、ミントたちは短く刈り込みました。

やはり私の癒しは、我が家の猫たちしかいない。なでくりなでくりなでくり。

吉崎《よしざき》ヤスミ先生　素敵なイラストをありがとうございました。

見るからに愛情溢れる家族ですね。かっこよくて優しい父さんズと、そしてなんといっても子供たちがかわいくてキュンキュンしてしまいました。この場を借りてお礼申し上げます。

頼もしくグイグイ引っ張っていってくれる芳尚《よしなお》と、そのあとを一生懸命に追いかける涼紀《すずき》。父さんズの愛情と芳尚の友情で涼紀もきっと言いたいことが言えるようになって、家族四人で楽しく暮らしていくことでしょう。ケンカしたり仲直りしたり、成長した二人を吉崎先生の絵で想像してニマニマしています。

みなさまもぜひ、十年後くらいの芳尚と涼紀の姿を吉崎先生の絵で想像してやってくださいね。

それでは。またセシル文庫でお会いできますように。

かみそう都芭

セシル文庫をお買い上げいただき、ありがとうございます。
この本を読んでのご意見・ご感想・ファンレターをお待ちしております。

☆あて先☆
〒113-0033　東京都世田谷区下馬6-15-4
コスミック出版　セシル編集部
「かみそう都芭先生」「吉崎ヤスミ先生」または「感想」「お問い合わせ」係
→Eメールでも OK!　cecil@cosmicpub.jp

セシル文庫

ひよこぴょこぴょこ恋《こい》の園《その》

【著者】　かみそう都芭《つば》
【発行人】　杉原葉子
【発行】　株式会社コスミック出版
〒154-0002　東京都世田谷区下馬 6-15-4
【お問い合わせ】　- 営業部 -　TEL 03(5432)7084　FAX 03(5432)7088
- 編集部 -　TEL 03(5432)7086　FAX 03(5432)7090
【ホームページ】　http://www.cosmicpub.com/
【振替口座】　00110-8-611382
【印刷／製本】　中央精版印刷株式会社

乱丁・落丁本は、小社へ直接お送り下さい。郵送料小社負担にてお取り替え致します。
定価はカバーに表示してあります。

上司と恋愛
～ 男系大家族物語 ～

日向唯稀

「ひっちゃ、ひっちゃ、まんまー」

７人兄弟の長男・寧の朝はミルクの香りで始まる。一歳ちょっとの末弟・七生に起こされ、５人の弟たちを送り出す大奮闘の日々だ。そんな事情もあり、会社につくとホッとする寧だったが、ある日、やり手の部長との仕事でうっかりミスを起こしてしまう。落ち込む寧は挽回のために部長の姪を預かることになるが──!?

イラスト：みずかねりょう

セシル文庫　好評発売中！

上司と熱愛
～ 男系大家族物語２ ～

日向唯稀

大家族の長男・寧は、一歳ちょっとの七男に邪魔されつつも恋人同士になったばかりの鷹崎部長との愛を着実に育んでいた。だがある日、とんでもない依頼が舞い込む！　なんと美形ぞろいの大家族に食育フェアーの広告に出てほしいというのだ。会社を巻き込んでの依頼に驚く一方で、次男が同級生の男に告白されているところを目撃してしまい、あせる寧だったが!?　美形大家族のキラキラ恋物語♡

イラスト：みずかねりょう

イラスト：みずかねりょう

上司と密愛
～ 男系大家族物語３ ～

日向唯稀

上司の鷹崎と娘のきららが長男・寧の恋人家族として、すっかり大家族の兎田家に受け入れられたころ、家族全員で出演した食育フェアーのCMがはじまった。思い出づくりの家族写真の延長で、軽い気持ちで引き受けた兎田家に反して世間の注目を一気に浴びることに!!　そして加熱したデマ報道によって大騒動が巻き起こる! 美形大家族のラブリー恋物語♡

セシル文庫　好評発売中!

イラスト：山田シロ

僕と子連れ若社長の事情

桂生青依

下宿を営む祖母と暮らしている秋のもとに、近所で暮らす幼い優太が助けを求めてやってきた。優太は両親が亡くなり、今まで会ったこともなかった兄の准一が強引に自分を連れて引っ越そうとするのがイヤで逃げてきたらしい。優太を准一に慣らすため一緒に下宿で生活するうちに、准一の意外な本心に触れた秋は惹かれ始めてしまい……。

イラスト：吉崎ヤスミ

唇の掟

〜 マフィアと恋に堕ちて 〜

稀崎朱里

日本からドイツに馬術留学している茅哉。思うように成績があげられず腐っていたところ、シチリアからやってきた妙に迫力のある綺麗な男アルヴァロに出会う。彼はことあるごとに茅哉を姫と呼び、強引に口説いてくる。反発する茅哉だったが、甘く情熱的なアルヴァロに気持ちが傾いていくのをとめられなかった。だが彼の取引相手に誘拐され、彼の本当の正体を知った時…!!

セシル文庫　好評発売中!

イラスト：みずかねりょう

薄くれないの花、流るるがごとく

吉田珠姫

恋に狂う。琴音はまさにそんな過去の恋にとらわれ、身動きがとれなくなっている。母親に恋し、やがては死へと追いやった憎い日本画家・田之倉。だが祖父母への援助のために琴音は母親の振りをして女装し、絵のモデルをしている。なにもかもとりあげられ隔離されている琴音の唯一の救いは、幼なじみの篤史だけ。あと数日で田之倉にお嫁入りをする日、篤史と想いが通じ合った琴音は―。

子守唄は愛の歌

かみそう都芭

牧師である毬央はある晩、頭にケガをした男を助ける。高郷と名乗るその男は一時的な記憶喪失になっており、名前以外思い出せなかった。しばらく教会で面倒を見ることになったが、毬央が甥の三つ子を苦労して育てていると知り高郷は教会の仕事を手伝うようになる。頼りがいのある高郷に毬央はしだいに惹かれていくが、そんな時、捨て子らしい赤ちゃんを発見して…!?

イラスト：みずかねりょう

セシル文庫　好評発売中!

保育士は不夜城で恋をする

かみそう都芭

恋人に騙され、借金の保証人にされてしまった塔真はヤクザに勤務先である保育園に怒鳴り込まれ、クビにされてしまった。貯金もなく、困っている塔真に紹介された仕事は意外にも父子家庭の子供の世話。4歳の夏輝は可愛く、父親を困らせまいと、けなげに頑張っている姿にほだされてしまい、親身に面倒をみるようになる。やがて、父親の架住の事も好きになっていることに気づき……。

イラスト：中川わか